我只是一种曾经的存在

潘连根◎著

安徽师范大学出版社
·芜湖·

责任编辑：潘　安
装帧设计：丁奕奕

图书在版编目(CIP)数据

我只是一种曾经的存在/潘连根著．—芜湖：安徽师范大学出版社，2017.3
ISBN 978-7-5676-2757-4

Ⅰ.①我… Ⅱ.①潘… Ⅲ.①散文诗－散文诗－中国－当代 ②随笔－作品集－中国－当代 Ⅳ.①I217.2

中国版本图书馆CIP数据核字(2017)第036039号

WO ZHISHI YI ZHONG CENGJING DE CUNZAI

我只是一种曾经的存在

潘连根　著

出版发行：安徽师范大学出版社
芜湖市九华南路189号安徽师范大学花津校区　邮政编码：241002
网　　址：http://www.ahnupress.com
发 行 部：0553-3883578　5910327　5910310(传真)　E-mail：asdcbsfxb@126.com
印　　刷：虎彩印艺股份有限公司
版　　次：2017年3月第1版
印　　次：2017年3月第1次印刷
规　　格：700 mm×1000 mm　1/16
印　　张：7
字　　数：110千
书　　号：ISBN 978-7-5676-2757-4
定　　价：24.80元

自　白（代序）

这世界我不害怕失去什么。我是那冬天的白杨，能失去的只有落叶，而仅有的这些落叶也将归于地化作土，袒露起胸膛干干净净迎接新一轮的太阳，即便没有阳光，也能享受寒风的洗礼。只要没有倒下，我就是那黄土地上的大丈夫。

这世界我最想要的，就是人性之初的善良和尊严。最爱那莽莽雪原，将世俗的一切覆盖，还人世纯洁本色。人性的善良之花绽放在心间，这人世才有真情可言。昂起高贵的头颅，莫为五斗米折弯了腰，尊严无价。

我本一无所有，所以才一无所求。我不需要像乞丐一样寻求怜悯，别人的施舍带给我的只是耻辱。

我有自己的灵魂和思想，还有一支残缺的笔，这就够了。我敢于让自己的灵魂裸露在阳光下翻检，还能用自己的头脑独立思考。我有我自己的思想，我能用我自己的手写我自己的心。

不忌讳曾经犯的错。在上帝面前，你我都是罪人。原罪的救赎不能等待上帝，能救赎自己的只能是自己！

目录

上编　散文诗

下 编 随 笔

上编　散文诗

放　　下

似一只蜘蛛，我躲在一个不起眼的角落，编织一张网，静静地蛰伏。网不在乎大小，这一方天地就是我的领地，不希望被打扰，不希望被牵挂。

就做一只井底之蛙。天有多大，外面的世界有多精彩，关我何事！或许会被嘲笑，或许会被遗忘，但我心安。

一切随缘。莫管它春有百花秋有月，夏有凉风冬有雪，何必恋落花有情，流水有意。过往的一切，俱是云烟。

将记忆冰冻，让思念放飞。有什么可放不下的。人生就是一只皮箱，既要提得起，更要放得下。放下贪嗔痴，放下执著，你才会有平常之心。

智者无为，愚人自缚。放下自我，审视内心，心灵才能得到解脱。

日　　子

日子是蓝天中飞掠而过的鸟儿，只在内心留下一道想象的痕迹。

日子是一阵风儿，夏天的凉爽瞬间化成冬天的冷冽。

鸟儿飞向哪里？

风儿又吹向哪里？

鸟儿自有它的栖息地。

风儿自有它的归宿处。

只感觉到岁月的脚步，在悄无声息地前进。

归　　宿

春归于夏，夏归于秋，秋归于冬，冬又归于春。

潮起又潮落，云聚又云散，风来风又去，雨来雨又止。

万事万物是如此简单，周而复始，起点是终点，终点亦是起点。无形生有形，有形归于无形。一切皆有归宿处，这是自然法则。

蜘蛛的归宿是一张小小的网，蜗牛的归宿是那永远摆脱不了的壳，落叶的归宿就是那一抹春泥；旅行者的归宿永远是下一处的风景，奋斗者的归宿永远是下一个目标；荣华富贵的归宿无非是人生的一场春梦。

人生的归宿就是那一堆黄土，回忆永远只在别人心中。

阴　　雨

独倚窗台，目光沉浸在绵绵阴雨中。

寒冷的风让灼热的血冷却，思维却难以糊涂。

丝丝细雨飘落的是过往的记忆，点缀那一段似水流年，却又难以收藏。

一切就让它随风雨远去吧！

轻松的心灵，不再需要执著。

就让这蒙蒙细雨去——

湮灭千年的等待，驱逐万年的思念！

雪

你裹着洁白的衣裙飘然而下，不带一丝声息，将漫天的苍茫覆盖，天地一色，冰清玉洁。

素雅洁净的银色世界，将一切美好的丑陋的掩埋，还原为单纯的快乐，或许这就是你的魂。

敞开内心世界的闸门，任思绪随你飞舞飘零，化作片片思念，凝成深深的祝福。

让我的心在你的怀抱中栖息，感受另一种真正的美丽。

黑 夜

黎明是黑夜的终结，但白天不懂夜的黑。

天幕拉拢，黑夜降临，此时此刻，沉寂就是主题，我把白天所有的一一收藏。

灵魂逐渐裸露，面对真我。一切都可以放弃，也不再需要坚守什么。

或许，黑夜就是慰藉心灵的良辰。

和自己的心灵约会吧。在黑夜中沉默奔走，抛掉所有白昼的烦躁与喧嚣。

渐行渐远。黑夜的尽头，却是那红日的所在。

白昼将现实召回，掠夺一切！

…………

远 走

带着一本泛黄的日历，数落着一段段陈年旧事，揣着一颗疲惫的心，我要远走。

不知道要去哪里。

那就随风而逝吧。风的尽头就是我的方向。

或者，就骑上一朵白云，随云而飘。

孤独不是坏事，正可以独自舔舐伤口。

我要远走，就潇洒地一个转身，将背影抛给你，定格成你永恒的记忆。

月夜独酌

华月为伴，青灯作陪。

把一壶浊酒，向月亮买个醉，醉尽忧思；摘几朵花瓣，往自己的身影洒落，落尽烦恼。

世间名利，尽是黄沙，岁月流逝，能剩几何？

将孤单细细品味，不再感悟，不再寻觅，要的就是这一份片刻的宁静。

可刹那的轻松又怎敌明日的喧嚣？

那就埋葬吧！

青灯渐熄，对月无语。

期　　待

恰似那来自远方的陌生快件，装作毫不在意的样子，随手打开的刹那，内心充满了强烈的期待，期待着那么一份惊喜。

再似那生日的蜡烛，紧盯着跳跃的火苗，期待着能将内心的希望点燃，永不熄灭。

更似那偶然的相遇，在目光交互碰撞中，期待着这是一次美丽的邂逅。

生命很美，美在可以期待。期待很美，美在不知道结果。

期待就是那细细的线，放飞着生命的风筝。没有了期待，生命也就失去了牵挂，随风而逝。

理想和现实

理想刚欲张开纯净的双眼，现实却将硕大无比的黑幕遮盖，阻隔一切。

理想刚欲张开憧憬的翅膀，现实的风雨却将它折断，坠落于世俗的尘埃。

理想之美遭遇残酷的现实，如此脆弱，无法突破，无从抵抗。

抑或，在生存面前，理想过于浪漫，现实却是那真切的规则，不得不从。

人心游走于理想和现实之间，企求理想的实现，却往往屈从于现实的压迫。

或许，让理想更适于现实，使理想和现实之间趋于平衡，我们才会少受些命运的捉弄。

春天来了

又到春暖花开时节。

不愧是四季之首。随着一阵春雷滚过，万物复苏，生机盎然。

忽然感觉到这春天的美妙之处。徜徉在春天的怀抱里，让身心接受阳光温柔的抚摸，让鸟儿动人的歌声在耳边荡漾，让艳丽的鲜花尽情抚慰双眼。真想融入这绿油油的草丛中，深深亲吻一下这带着清香味的泥土。

山间的溪水在静静流淌，飘逸的风筝飞舞于蓝天白云之中。实在没有理由不安静地放飞一下自己的心情啊！

春光融融，春色暖暖，春风煦煦，春水盈盈，春雨潇潇……我不知道该如何描绘这春天的一切！

春天，一切赞美之词对你都显得如此苍白。对你，只能让我用心去触摸！

爱

爱是笔和纸的默契，你可以尽情挥洒，我愿默默承受，无怨无悔。

爱是山和水的交融，任凭你什么模样，我都忠实相映，如影随形。

爱是昼和夜的更替，你辉煌还是暗淡，我都紧紧跟随，不离不弃。

爱是夜晚路人对繁星的企盼，爱是小鸟对天空的渴望，爱是鱼儿对江湖的眷恋……爱是你，爱是我，爱是你我。

因为爱，所以不轻易承诺，一旦承诺重如山；因为爱，所以不愿意伤害，一旦伤害，痛彻心扉。

因为爱，所以爱。无他！

四月的风景

独上高楼，打开一扇窗，看四月的风景。

早错过了清晨第一缕阳光的洗礼，此时的阳光虽不强烈但很有温度。

双手搁在脸上，张开五指，让四月的风温柔地穿过指尖，拂过脸庞，用心将窗外的风景定格。

一草一木，一山一水，一一入画。

鸟如歌者，自然不需要专门的听众，歌于有缘人。

就这样，把握这一份宁静，随性而思，种下所有的祈愿。

我在窗口看风景，看风景的人在看我。

这样的夜色

我只需要这样的夜色。

在昏暗的路灯下，飘着丝丝烟雨，不见行人。我独徘徊，静静地将孤独的身影融化。

愁苦与伤痛，凡俗与躁动，名利与欲望，俱往矣。

学会沉默与隐藏，学会以微笑面对一切。

早已不再追问明日的阳光是否灿烂，我只知道此时此刻的夜色是属于我的。

不用再以假面装扮自己，我就是我。

在昏暗的路灯下，飘着丝丝烟雨，不见行人。我独自前行，尽管不知道哪是尽头。

我只需要这样的夜色。

存　在

草原上的蓝天白云，被一阵突然袭来的风雨打得无影无踪，了无痕迹，只剩下孤独的我在那儿苦苦寻找。

找得到吗？我忽然觉得自己很可悲。

就像那断了线的风筝，早已随风远逝，又何必在乎它去了哪里，它总算是自由了。

终于明白，在无影灯下，又何处去寻找自己的身影，那岂不是为难自己。

过眼云烟也好，昙花一现也罢，终究是无法留住。

该去的总要去，该来的总要来。

不管你是否愿意，毕竟它们都是一种存在。

守　望

夕阳西下，我独自站在空旷的原野，任由自己的情感去猛烈挣脱思想的枷锁，守望自己的灵魂。

灵魂深处，昨日的时光早已溜走，往昔的记忆却在这里重现。

往昔的记忆，不需要别人分享，只需要将它们展示在落日的余晖中，独自慢慢品味。

品味中，卸下了虚伪的面具，摆脱了机械的笑容，灵魂尽管孤独但很自由。

孤独而自由的灵魂，犹似那如血的残阳。

残阳如血。原野上的小草在随风舞蹈。

小草随风而舞。我在默默地守望自己的灵魂，直至这一抹滴血的夕阳落下。

不经意间，你已长大成人

感谢上苍，将你赐予我们。

泛黄的出生照还放在床头，将你来到人世的瞬间定格在那儿。

过往的岁月并不漫长，你儿时的一切一切均已深深刻在我们心中，永不消退。

曾经的快乐是你带给我们的。因为有你，我们才觉得生活有意义。

不经意间，你已长大成人。

你的身影映入我们的眼帘，我们的心中充满了无限的幸福和满足。所有的语言都无法表达我们的欣喜。

我们曾经很自私，将所有的希望都寄托在你身上。尽管这对你不公平，但希望你能有担当，因为你已长大成人。

未来的道路要靠你自己去闯，我们给不了那么多。人生有太多的选择，相信你能把握好每一次机会。

人生的精彩要由你自己来导演。我们能做的，只是默默地陪伴你。

春　　雨

是一种缠缠绵绵的宣泄吗？一丝丝，一缕缕，诉不尽的思绪。

飘洒的细雨，湿了灰暗的天空，也将思绪慢慢浸润，融入心田。

如果风已失去了方向，那雨也就一片迷惘，不知要落向哪里，无从选择。

几多牵挂，几多惆怅，早已化作漫天雨丝，寂静落寞地飘逝。

思念不再，渴望不再，默默挤出一点笑容，看外面迷离的雨。

雨在悄悄地下，下给那看雨的人。

曾经走过的路

曾经走过的路，点点滴滴，总会在梦中重现，挥之不去。

站在岁月的十字路口，回首曾经走过的路，有鲜花和荆棘点缀，难以抹去。

梦中的鲜花曾是那么娇艳，却在梦醒时分一一幻灭；留下的记忆尽是荆棘刺痛的伤痕。

或许，应该似大海里的一滴水，不必回溯它曾经流走的痕迹。

寻觅过去，本身就意味着对过往的眷恋，而这一切随着岁月的流逝渐渐远去。

或许，真的该忘记曾经走过的路，一切从头开始。

哪怕就是重新走了曾经走过的路，那也是一种全新的体验和感受。

沉　　默

总感觉自己像个无头苍蝇，被现实的魔爪牵扯。焦虑与惘然中，发现早已迷失了自我。

在夜晚清醒时，聆听自己的心声，想做回自己。但黎明向我宣告：你必须面对现实，规规矩矩生活。

真的不想说不想说的话，真的不想做不想做的事。如此，只能选择沉默。让那些假装做作的笑、言不由衷的话，都在沉默中埋葬。

在沉默中，保留一点自尊。

这种自虐式的沉默，无关别人的痛痒，当中包含着一种可怜自己的意思。

或许，沉默就是一种最好的诉说。

那就将所有的故事折叠，深藏于心。

沉默，不需要太多的理由。只是因为被迫放弃了无端的执著，所以才选择沉默。

明日依旧沉默。

逝去的青春

青春是人生旅程最美的一个片段,还没来得及细细品味,就呼啸而过。

青春是一条懵懂的鱼，被垂钓的时间老人随意玩弄，很快被遗弃在时钟的滴答声中，慢慢消沉。

青春是一趟永不回程的列车，沿途演绎了许多故事，却给不了任何解释的台词。

白发悄悄爬上鬓角，青春早已默默离去，留下的只是青春的碎片漂浮在脑海。

曾经的青春早已挥霍一空，很难再在记忆中捡回。

些许遗憾，但决不后悔。

自由的欲望

包裹在黑夜的帷幕中，热血躁动，自由的欲望在膨胀，想千万次挣扎逃离。

实在不愿窒息而亡，那就来一次呐喊，做一次狂奔。

身体和心灵纠缠不清，但必须有一个在路上。

身体可以被囚禁，思想却可以放飞。心灵更容易上路。

自由的果实在黑夜中闪亮，受到诱惑的心有了前行的方向，却永远无法触及自由之果。

想象超越了理智，思想的点点滴滴一路洒落在夜色中，直至耗尽。

理智最终回到现实，黎明时分，想象退出舞台，才明白什么叫做身不由己。

心若倦了

心若倦了，无须等到泪干，寻觅一种暂时的逃离吧！

让思想休眠，让心小憩。

此刻，没有思想，没有激情，没有热血，没有一切。

尘世的一切都只是一个个挂在口头的名词而已，即便是活命的空气也是如此。

生活，就像浮云一般，随风飘荡。温柔的微风，肆虐的狂风，又有什么不同。

看芸芸众生，人人都想争过独木桥。不妨退身以让，静观为妙。

心若倦了，等到泪也干了，是不是就彻底解放了自己？

流浪狗

你孤独地在街头徘徊，迷惘的眼神显示你的无助。你和主人的故事，早已化作尘埃，无从捡拾。

也许你非常痛恨自己，已经失去了祖先狼的血性，否则流浪正是张扬你狂野本性的时刻。如今，饥饿袭来，你只能以猫的方式倦卧于角落，默默表达你对人性的诅咒。

家，对你已是一个遥远的概念。生存，是你目前唯一的主题。

在这钢筋水泥的丛林中，活命不是一件容易的事，甚至仅仅是一个欺骗自己的谎言。世上或许有救世主，但你并没有等到。

明日的太阳会照常升起，你的命运会改变吗？或许明日的阳光洒向某个角落，照在你僵硬的肢体上，这就是你解脱的归宿。

心不设防

人心设防，将自我紧紧封闭。

躲在防盗门窗网罗的空间，囚禁自己的心灵。外面阳光明媚，却没有一缕能照进心灵深处。

总是害怕受到伤害，心门才难以开启。无法感知人世的温暖，逐渐迷失自我。

心若尘封太久，难免失去应有的光彩。

开启吧，心门！

来一次破茧成蛹，挣脱自我束缚，心不设防。

心不设防，就能在朗朗晴空下，让阵阵清风吹拂，荡涤心灵的尘埃。

一颗本真的心，将重新绽放圣洁的光辉。释放成为必然，坦然成为常态。

心不设防，人生之花才会开得烂漫。

上帝，请发牌

人的一生有时就和牌局一样，拿什么牌不是由我的意愿决定的。

发牌是上帝的事，不关我事。

我只能面对现实，无论是好牌还是烂牌。

我会努力将手上的牌打好，结局不是特别重要。

相信上帝是公平的，不可能永远给我好牌，也不可能永远给我烂牌。

相信时运不济，也相信时来运转。

很难选择环境，但我会尽力适应环境。

上帝，我已用最虔诚的态度坐在你面前，做好了准备。

上帝，请发牌！

陌生的自己

暗香散尽花凋零。花已不在，暗香又如何留存？

斗转星移。时光依旧，我却老去。

人生最挡不住的就是岁月，悄无声息，慢慢就将我雕刻成另一个陌生的自己。

熟悉的陌生城市，熟悉的陌生人。我已找不到原来的自己！

曾经念念不忘的，在念念不忘的过程中渐渐遗忘。曾经努力忘却的，总在努力忘却的过程中日益铭刻。

念念不忘又如何，努力忘却又怎样。昨天已成历史，明天是个未知数，今天才由我支配。

今天的我，对着陌生的自己，一笑而过。

就让那些泛黄的文字，将曾经熟悉的自己封存。

孩子的成长

孩子的成长，光有笑声是不够的，还需要眼泪。用泪水去洗刷尘世的乌云，才能见到灿烂的阳光。

孩子的成长，就是破茧为蝶的过程。只有经历痛苦的挣扎，才能享受这轻盈飞舞的快乐。

孩子的成长，就是攀登人生的台阶。只有经过艰辛，才能领略高处的风景。

孩子的成长，如果没有痛苦，那就无法真正体会和珍惜快乐的价值。

孩子的成长，千万不要过早套上人世的枷锁，给他一个想入非非的自由。有梦想的翅膀，才能展翅高飞。

痛苦并快乐着，让孩子健康成长！

蜘　　蛛

因为长得丑，害怕受到伤害，所以才在一个不起眼的角落寻找你的安身之地。

在屋檐下，在树枝间，排丝结网，随遇而安。你并没有太多的追求。

网成，就有了一方属于自己的小天地。得意地巡视着自己的领地，你骄傲，你满足。

这就是由你主宰的世界。外面的世界很精彩，但你不再迷恋。

眷恋于自己的世界，你不再有任何非分之想。修炼成精只是一个美丽的传说，离你太过遥远。

整天静静地蛰伏在网中，虔诚地祈祷蚊蝇虫子的光临，等一个偶然。

谁都无法预知，自己营造的天堂，有朝一日会不会成为埋藏自己的坟墓。

你网了别人，最终也网住了你自己。莫非这就是你的宿命？

东方，有一条巨龙

在深沉恢弘的节拍声中，你豁然醒来。

骤然睁圆了威严的双眸，爆射出利剑般灼灼精光，直刺那阴霾的苍穹。

你傲然发出振聋发聩的长吟，震撼了铁血浇铸的回音壁，宣告一个新纪元的开始。

怀着沉重的心情你怆然回首，蜿蜒的龙须吻着华夏大地，禁不住淌下两行深情的热泪，成了黄河长江永不枯竭的源头。

终于你再也难以抑制内心的激动，腾空而起。

刮起一阵阵强劲的世纪风，荡涤一望无垠的土地。从漠河到曾母暗沙，从帕米尔高原到松嫩平原。

不管风云如何变幻，你永远以守护神的姿态——立起是巍巍昆仑，卧下是绵绵长城，气宇轩昂地游弋在古老的东方，成为中华儿女永恒的图腾。

东方，巨龙在劲舞！

长城·圆明园

我用一只眼欣赏长城的风光，用另一只眼瞻仰圆明园的废墟。

假如长城是中华民族屹立于世的脊梁，那么圆明园就是一块永抹不去的伤疤。

宇航员能在太空看到我们的长城。圆明园的奇珍异宝大多流落他国。这就注定着，我要用一只眼去享受荣光，而要用另一只眼来领略耻辱。

历史就是如此铁面无私。

它在慷慨馈赠我们的同时毫不怜惜地烫上无数的烙印。

这就注定，我们担负的使命是沉重的。

在前进的道路上，做一头耕牛，就得把牛轭套上自己的脖子，垂下睿智的头颅，去耕耘。做一个纤夫，就得把纤绳负上自己的肩头，弓起坚实的脊梁，去拼搏。

这种心情

折磨人的高考终于结束了。今天的天空是灰暗的，考生的心情各不相同。家长与孩子一起经历了这些坚苦的岁月，个中滋味自然难以言表。那就放松一下心情吧！

——题记

一旦尘埃落定，就有理由卸下包袱，放松自己。

给自己换一种心情。

甩甩头，让自己的脚步变得更轻快些。吹着口哨，我自前行，不用顾忌别人异样的目光。

即便是阴沉沉的天，内心照样可以阳光灿烂。

鸟儿的翅膀没那么容易折断，哪怕受伤，也要努力自由飞翔。漫漫黄沙，前途坎坷，骆驼仍迈着坚定的步伐前进。

怀着这样一种心情，世界因我而变。

狂风吹过，落叶飞舞，我能感知这树之精灵的律动；骤雨过去，满地泥泞，我能享受这放纵的世界，赤足狂奔。

在这喧嚣尘世中，仍能体验归隐田园的怡情；在这名利角逐的现实中，仍能有逍遥自在的人生。

守住这种心情。现实的世界我无力改变，但我的内心可以改变世界。

情到浓深处

情到浓深处。

无需网络、手机、邮箱，世俗的联系显得多余。默默抱着你的名字入睡，你的容颜就落在我的枕边，寂寞的黑夜才不显得孤单。待红日高照，我仍不愿醒来。尽管，你在天涯。

一切的言语都是苍白。

无视季节的更替，我只将你曾经的瞬间永远刻盘，不再拷贝。

情到浓深处。

爱情之果，早已落在我心中，发育成生命的常春藤，缠住我所有的日子，使我不能呼吸。虚伪无孔不入，我却将真情牢牢坚守。

曾经的唯美，早已飘落在某个角落。我却在苦苦寻找，只是因为相信爱情。

情到浓深处。

内心是如此脆弱，却丝毫不悔。看花开花落，却又怕缘起缘灭。

让泪水化作文字，谱写一曲美丽的错误。

梦

总以为已将你彻底忘却，你却时不时走进我的梦里。

今夜，你又装饰我的梦。我可曾装饰过你的梦？

多么希望，今夜的风是我的翅膀，能悄悄吹进你的窗口，落在你的梦里。但你将心灵的窗户紧闭，我只能在你的窗外打转。

佛说，前世五百次的回眸，才能换来今世的擦肩而过。你像那夜空中的流星，给我留下最后的美丽，消逝无踪。

你是我放飞的风筝，我希望能将风筝的线牢牢攥在手里，你却挣脱，离我而去。

留下的故事，只能刻在你我制作的陶罐上，放在我记忆的架子上，给自己陈列。

一不留神，我将陶罐打碎，散落一地的记忆。

待记忆的碎片在梦中谢幕，梦就是那记忆的回光返照。

梦醒了，我知道，一切已经结束。

等　　待

两军对阵，最恐怖的不是血腥的厮杀，而是悲壮氛围中的等待。这是一种怎样的煎熬呵，或许那血腥的厮杀就是一种最好的解脱。

漫长的等待是一种痛苦的折磨，仅靠那一点希望的曙光苦苦支撑着未知的结果。

而谁又能给出等待的答案？手中的香烟燃尽，只有自己的咳嗽是那唯一的回答。

等待的滋味，就好似那口中衔着的青橄榄，酸甜自知，无法与他人分享。

生命的陀螺旋转不止，人生轮回的轨迹或许就由这一个又一个的等待衔接。人生有太多的等待，而岁月静静地在这默默的等待中流逝。

命运之琴弹奏的不一定是美妙的旋律，但毕竟是生命的音色。彷徨、怨怼和悲叹不应是生命的注释。因为，生命本身就是一种等待，从生等到死。

等待是孤单的，别人无法替你分担。那就将等待的过程当做是个人的狂欢时节，这也许就是等待的最好态度！

如此，不用惧怕等待！

等待一切的开始，等待所有的终结。

找回自信

绝望和失意，让你丢了自信。那就请你点亮心灵的蜡烛，去慢慢找回。

其实，一切都已过去，但又并未结束。只要不曾放弃，就有重新开始的机会。

如果为偶然的一天不见太阳就流泪，那么注定你再也找不回满天的星星。就算是笨拙的乌龟，既然有过战胜伶俐兔子的辉煌，难道就不可以有再次挑战的勇气？

眼泪只能默默流给自己，别人无法真正理解。每一次的受伤，恰恰是你逐渐成熟的标记。

做你自己。别在别人的眼中去寻找自己，那不是真正的你。

孤独不可怕，可怕的是自己将自己彻底抛弃。如果连自己都瞧不起自己，要别人如何瞧得起你。瞧得起别人是一种修养，瞧得起自己便是一种自信！

相信黑暗不是夜的错，黑夜正是黎明的前兆。自信就是那启明星，陪你走向光明。

你不为别人而活。你只为自己活，还要活得精彩！

和历史老人的一次邂逅

坐上甲骨和金文装饰的车子，辗压过千年的霜雪，我来到岁月的河边，和历史老人隔河相望。

氤氲之气弥漫，笼罩着历史老人。我看不清他的面庞。也许，他在努力拂拭，希望给我一个清晰的面容，但我只能窥见他的一个轮廓。谜一样的老人，更令我神往。如果展现给我一副千疮百孔的尊容，我该如何面对？

老人试图和我诉说他的故事，但实在太多太长，我已经失去耐心。

你的故事关我何事，我更乐于听后人对你的胡说八道，这样更轻松。

老人只能沉默不语。

一群群所谓的精英，穿越时空，将老人团团围住。他被当作小姑娘一般，任人打扮。没人在意流泪的老人。我也在嘈杂声中把玩他心灵的碎片，欣赏着周围颓废的气氛。

老人不做徒劳无益的抗争，他是明智的。他知道，不可能将一切故事的真相都大白于天下，有些故事只能永远沉于岁月的河流中，只能静静等待大浪淘沙的那一天。

老人怆然离去，我回首却找不见我来时的车子。于是，只剩下迷惘的我在河边徘徊，浑身轻飘飘，再也无法脚踏实地……

走进梅雨季

江南六月，梅雨季如约而至。

雨，绵绵不绝的雨。阳光已无力穿透密密的雨帘，沙沙作响的雨声主宰了天地。

伴着一阵阵有节奏的雨声，空气慢慢被雨水浸润，随手一捏都能挤出水分。

被这浓浓的湿气挟持，日子开始霉变。

这湿淋淋的日子，无法躲避，无法逃离。

目光开始变得呆滞，记忆开始长满青苔，伤痛开始感受麻木。

早已没了闲敲棋子落灯花的心情。惆怅有如故事尚未演完，帷幕却已落下。

与其等着身心发霉长毛，不如打起旧时那把透明的雨伞，赤足走进这沉沉的梅雨季，去等候那炎炎夏日炽热的拥抱。

少女和她的弟弟

开了锅的闹市区，你们在熙熙攘攘的人流漩涡中挣扎。

蔚蓝的天空有阳光有白云，你们的脸庞却正被暴风雨洗劫。

边上的电子游戏厅正在演绎现代动漫的刺激，你们却用一个并不高明的把戏在吸引着人们的良知。这个把戏凝结的可是你们童年所有的故事？

连一瓶水都要几块钱的时代，你们用嘶哑的嗓子乞求着几枚硬币，叩问着人们冷漠的底线。

你们早已不属于撒娇的春天，你们也早忘了安徒生的世界。甚至，你们连自己都已遗忘。

你们的身世是苦涩涩的谜，谜底是那四行晶莹的泪。你们像那没有壳的蜗牛，狼狈而凄凉，在屈辱中维持着最低限度的自尊。

空气在艰难地凝固压缩，令人窒息。要把戏的人沉默，看的人也无语。

你们端着碗乞讨着人们的良心，人们能放入的也只有同情与怜悯。

流浪的孩子没有家，只有路在你们的脚下。流浪不再是一个词汇，而是你们人生真切的伤痛。未来有多长，距离有多远，无人知晓。

山的那边

思念无法翻越心中的那座山。尽管我知道，山那边的水一定很清澈，月一定很明亮，水中的月一定很美。因为你就在那边。

然而，水中的月清晰而虚幻，恰似我那刻骨铭心的记忆，无法诠释，也害怕诠释。或许这就是我不敢面对现实而让自己逃避的借口。

我知道，你早已飞越那座山。就似那风筝，即使线还在我手中紧紧攥着，却宁愿折翼也要坚定地落在那边。我扯不回你，我的心是不是也只能随你落在山的那边？

一度幻想着，把曾经的往昔在内心凝结成一首诗，好好收藏。最终发现，只开了个凄美的头，永远无法收尾。

发现自己再也找不回孩子般敢说敢做的那股率真劲儿，我只能给自己留下一声长长的叹息。我想，我该将我的情意埋在山的这边，开始对山那边默默漫长牵挂。

你在那边可好？

笑对人生

赤裸裸的，从第一声啼哭开始，你就一直在和时间赛跑。起点明确，终点飘忽不定，结局无法预料。

过程，也许无人问津，但对你才是最宝贵的人生财富。成败得失、贫富贵贱，你都得以“曾经”的名义照单全收。

既然过往的所有都是“曾经”，那么在巅峰之时莫要得意忘形，在低谷之处无须悲泣。恰似昼夜更替，白日终究要倒在黑夜的羽翼之下，黑夜也不可能将黎明永远锁闭。

如此，莫对那些暂时的、偶然的不快和失落耿耿于怀。痛苦的是自己，快乐的是小人。

如果能够笑着面对“曾经”，那你也就一定能笑着面对“未来”。笑不仅要馈赠别人，还要馈赠自己。

笑会改变你的视角，你将发现一个完全不同的世界。风来梳头，雨来洗面。心不再纠结，就不会疲惫。要知道，身体有时可以向后退却，但眼光必定向前看着。

有那么一天，我们终将到达终点。那时，你会发现，你仍然是赤裸裸的，曾经的哭声、笑声都将归于沉寂。

孤傲的狼

月夜之下，你站在高冈上，独守这无尽的寂寞。你的故事就弥漫在这月光的清辉中，充满血腥。

也许是团队的生活太过拘束，你散漫自由的个性，使你脱离了群体，心甘情愿地选择了孤身漂泊的日子。

流浪的日子，危险无处不在。你却没有悲伤，没有仇恨，也没有害怕。你的心永远是高傲的，你到过的地方永远留着狂野的气息。你不虚伪，尽管你的真实是那么让人胆战心惊。

受伤总是难免，但你从来不曾落泪。你不相信眼泪。你知道，你是一头喋血食肉的狼，没人会对你怜悯。宁愿藏在无人处默默疗伤，也决不在人前示弱。

饥饿袭来，你做不了摇尾乞怜的狗，即使面对猎人的枪口，你也会勇猛地扑向自己的猎物。哪怕为此倒在了猎人的枪口下，也要还猎人最后一个凶狠的目光，不丢半点尊严。

月夜之下，你站在高冈上，仰天长啸，恰似那苍凉悲壮的边塞号角声，响彻天地，宣示着你的主权。

盛　　夏

湛蓝的天空，阳光以最直白的方式诠释炙热。只有那潜伏在树叶间的蝉儿尚有兴致，和以那不知疲倦的一声声长鸣。

若有似无的风，注定与速度无缘，缓缓飘过的尽是火的气息。风已没有力的线条，吹不开那紧闭的空调房。

流火的日子，连狗都在吐着舌头喘息。灵魂被烦躁挟持，心游历于闷热的无奈与凉爽的期盼之中。

整个城市在热浪中萎靡不振，世界已满是疲惫。

只有那建筑工地上的搅拌机在怒吼，脚手架上的民工兄弟正用一身的黝黑昭示着抗争的生存檄文。

汗流浃背的我，在挥汗如雨的他们面前，就只能以最卑微的姿态对盛夏保持沉默。

第二自然

我站在空旷的原野上举目四望——

天空有朵朵白云在阳光下嬉戏。青青的草，风吹过，激起层层绿色的波浪，金黄的花、雪白的花、紫蓝的花显露出大地的热情。可惜的是这儿了无人迹，当然更不会有火一样热烈的映山红了。

我总觉得这幅风景水彩画缺少了什么。我在迷茫中搜寻答案。

突然，一团鲜红的火焰滚进我的视线，一串银铃般的笑声灌入我的耳朵。我发现一个红裙少女奔跑在原野之上。她蹦着跳着，风撩起她的裙摆，裙摆飘飘。呵，她多像是绿色原野上飘着的一朵红色蒲公英。

我恍然大悟，原来这儿的风景是少了——

她天真地笑、她自由地奔跑、她飘逸的红裙子……她与景交融，汇成一体。

有人的景色才是鲜活的。

是人，创造了第二自然。

雄　　鹰

蔚蓝的天空之下，你已傲立山巅之上，展开硕大的翅膀，准备又一次搏击苍穹。

请不要迟疑，飞翔吧！

你的翅膀能飞多远，你的天空就有多大。天空就是你的舞台。你的世界，你的自由，就在你的翅膀之下。

你无拘无束地在天空翱翔，用敏锐的目光搜寻着猎物。一旦锁定目标，闪电一击，从不失手。可怜那些燕雀，只能躲在树丛中抬头仰望你的雄姿，为曾经的嘲笑而羞惭。

飞翔已融入你的血液，成为一种习惯。因为你终究不是那金丝笼中的鹦鹉，不会学舌讨主人的欢喜。你是人们心中的神鸟，是流动的力量的象征。

弱肉强食的生存法则之下，你以你的实力说话。你那健壮的翅膀，锋利的爪子，尖钩的喙，威严的眼神，无不令人敬仰。

巢安悬崖峭壁，笑看崇山峻岭。冷峻洒脱，桀骜不驯。这就是你无与伦比的风采。

呵，请将你这瞬间的伟岸形象定格成永恒——

蔚蓝的天空之下，你又傲立山巅之上，展开硕大的翅膀，准备下一次搏击苍穹。

爱情天梯

20世纪50年代，20岁的重庆江津中山古镇农家青年刘国江爱上了大他10岁的“俏寡妇”徐朝清。为了躲避世人的流言，他们携手私奔至深山老林。为让徐朝清出行安全，刘国江一辈子都忙着在悬崖峭壁上凿石梯通向外界，如今已有6000多级，被称为“爱情天梯”。2007年12月18日，刘国江老人去世；2012年10月30日，徐朝清老人去世。

——题记

仅仅是因为一个最世俗的原因，你们在大山深处坚守自己的爱情。

仅仅是因为一个最朴实的目的，山里的汉子就创造了一个现实的神话。

没有海誓山盟的豪言壮语，没有缠绵悱恻的美丽诗篇，铁锤与钢钎的撞击声就将爱的真谛做了最质朴的诠释。

半个世纪不离不弃的守候，见证了人世最真挚的爱情。

让所有矫揉造作的爱情，抬首仰望，在这六千多级的台阶面前，都失去了分量。

午夜即景

午夜的街头，暖暖的街灯，绵绵的细雨。

紊乱的世界归于沉静，爱情的旋律即将演奏。

一把彩色的雨伞，两个沉默的音符。

心与心在撞击，寻找共同的旋律。

一曲爱的罗曼司，飘响在午夜的街头。

就这样依偎，就这样沉醉。

让时光止步，领略幸福的滋味。

盲　　人

不要有太多的怨恨，请将生理的缺陷抛在脑后。上帝很公平，必会补偿你一颗明亮的心。

虽然看不到日月的交替，但没必要把白天都践踏成黑夜。黑夜给了你一双黑色的眼睛，你可以用它来寻找多彩的世界。

看不见日起日落，你仍能感受到阳光的温暖；看不到潮起潮落，你依旧能听到大海的呼吸。

看不到风吹落叶飞，你就用手轻轻抚平被吹乱的头发。

你看不见馅饼，却看得见陷阱。谁也动不了你的奶酪。

人生之路，在你的脚下，更在你的心里。

你仅用一根三尺手杖，就能将世界读懂！

一个精神病人眼中的世界

因为你精神错乱，所以你被一群精神正常的人关在了病房。

你无所事事，只能用呆滞的目光扫视外面的世界。

你思绪混乱。

你头痛欲裂。

世界像个万花筒。

你总是看不明白——

富人是可以开着豪车领低保的，穷人在斑马线上礼让富人的车子。

化工原料是可以作为食品添加剂的，江河的水不是都可以游泳的。

竹子是可以代替钢筋建造房子的，桥梁是可以在没有通车前倒塌的。

纳税人的钱是可以被某些官员随便开销的，听证会的代表是可以只听不证的。

医院是可以成为药品商店的，医生是可以只卖贵的不给对的。

一个胖子肠肥肉鼓，却要家人勒紧裤腰带造武器，闹得四邻不安。

一个矮子闯进别人家里抢东西，硬说这东西本来就是他的。

虚拟的网络竟然被实实在在掌控，一旦揭穿，连总统的座机都是可以被迫降的。

…………

难怪你看不明白，这世界变化实在太快太大。

连狼都爱上了羊，还爱得很温柔；连耗子都追着猫到处跑，猫却找不到洞钻。

忽然发现，你的同室病友并无精神错乱，只是根据外面的需要和你关在一起。

面对精神正常的人，你终于笑了。

外面的世界很疯狂。

精神错乱的不只是你。

流浪歌手

为了寻求一次自由的呼吸，为了一个真诚的音乐梦想，你背起一把吉他，就去陌生的城市流浪。

徘徊在梦想与现实之间。你随人潮涌动，在街头，在地铁通道，那是你神圣的舞台。

不在乎人们异样的目光，不在乎有没有观众。你坚定地拨动吉他，独自吟唱自己喜欢的歌谣，宣泄自己鲜活的情绪。

歌声漫过城市的上空，承载着你的梦想，跌落在钢筋水泥的丛林中。你无动于衷。

从来不讲述自己的故事，你只把自己的沧桑埋进歌中。你不需要同情与怜悯。

尽管因为生存的需要，你不拒绝人们对你歌声的回报，但坚决拒绝施舍。流浪并没有丢弃尊严。

你知道，深夜来临，人群终将散去，各回各家。你的家在哪里？这不是属于你的城市。你甩甩头，将今天抛在不息的车流中，背起简单的行囊，向着另一座城市，开始明天又一次的流浪。

你坚信，你的未来不是梦！

进退两难

在高速奔驰的列车上，我在车厢内反向而行。进耶退耶？

看窗外的农夫，正低头在田间插秧。退耶进耶？

到底是退还是进？我在进退之间恍惚。

犹豫了那么久，才决定前往你的城市。但总感觉自己就是一颗被你左右的棋子，进退由不得自己。

明知自己已走不进你的心扉，却不愿就此走出你的世界。

我知道，你所在的这座城市，有许多人带着梦想往里冲，也有许多人带着伤感挣扎着离开。我将立在城门口，进退两难。

是把我拉进城里，还是把我推出城外？

我已失去了方向……

干脆就让这座城市轰然倒塌，就此彻底将我掩埋！

无　　奈

你的名字填满我的笔记，你的名字磨破我的嘴皮，你的名字充满我的梦，我知道我一直在用心呼唤着你，等待着爱人你的回应。

曾幻想着将我的名字写进你的心，也幻想着让我走进你的梦，可你假装一无所知，给我一张圣洁的脸。

曾经下过无数次的决心，要借着黑夜的胆，把憋在心里的话，全倾吐在你的怀里。可面对你纯净的眼睛，出口的话又成了“今晚的星星真明亮”。

慢慢，我的等待成了期待。在你面前我展露一张无奈的脸，挂满相思的泪。

不知道我是该安静地走开，还是要勇敢地留下来？

也许早就注定这是个无言的结局……

我用烈酒将自己的心慢慢浸泡，直至泛出暗红的血色。

沉默的歌者

有些人早已成为脑瘫，庆幸自己还能独立思想。

没有了无知的冲动，没有了盲目的追随，没有了赌徒的疯狂。因为有了思想的过滤，表象得以揭开，内心能够认清真相。

对于自以为是者，真相无需向他表白。对牛弹琴，那是何等为难自己。让他自得其乐吧！

言多必失。叙说不是件容易的事。

我选择沉默。

沉默不等于不语。在冷酷的外表下，内心可以有激情与张扬的对白，情感可以宣泄，灵魂独自吟唱。

我是歌者，沉默的歌者。

只是我的手不听我的话，写下了那些唱给自己的歌词。

世俗的力量

世俗是一种力量。

世俗的力量源于集体的意愿，是众人制定的规则，忌讳寻根问底，只需循规蹈矩。

世俗之下无另类，无英雄。不然，就会被世俗捍卫者视为妖魔乱棍打死。多少天才、怪才因此被扼杀。

于是，在世俗的网罩下，人们委身于其中，失去了思考和判断的能力，没有了创造和想象的空间。

个性彻底泯灭，一切归于平庸。这正是世俗者所需要的。

但总有睿智之士不甘心屈服于虚伪和庸俗，他们的生命是如此坚强，他们真正懂得只有思想是最不可被剥夺的，只有尊严是最不可被践踏的。

哪怕世俗的力量如高山，他们在它面前暂时低头，不是因为懦弱，只是征服它之前的小憩；

哪怕世俗的力量如洪流，他们在它面前暂时止步，不是因为害怕，只是横渡它之前的丈量。

世俗是一种力量，但阻挡不了睿智之士前进的脚步。

骆　驼

你是大漠的精灵，你是漫漫黄沙中真正的行者。

茫茫大漠的浮躁，化身为狂风和移动的沙丘，搅没了方向。而你的坚忍赋予了你的淡定，昂首阔步，不急不躁，一步一个脚印就踩出了一条丝绸之路。

一望无际的沙漠臣服在你脚下，真切地感受到你脚掌的厚重，阻挡的欲望早已被彻底击碎。你成了沙漠真正的主人。

一个驼峰存着信念，一个驼峰存着责任。这才是你神圣力量的源泉。

注定一生要负重而行，你却从无怨言。不计较得失，你独自前行，陪伴你的自有孤烟和落日，还有那叮当作响的驼铃。

心有绿洲。绿洲就在前方……

咫尺天涯

山间并排的两棵树，枝丫相连，却被洪水冲出的沟壑，东倒西歪，分在两边。曾经的咫尺，成为天涯。

风还是原来的风，雨还是原来的雨，我还是原来的我，你却不是原来的你。

握你的手，你就在眼前；读你的心，你却在天涯。

手上还残留着你的温度，你却像风一样慢慢消失在空气中，只给我一个蓦然回首，莞尔一笑，给一个故事画上一个句号。

心碎之后才明白：有缘，天涯咫尺；无份，咫尺天涯。

羡慕那两棵树依然能隔溪守望，而我只能在黑夜中默默舔舐伤口，在地狱中仰望天堂。

你在那头，我在这边。回首，一切都已不是旧时模样。

风不是原来的风，雨不是原来的雨，你不是原来的你，我将永远是原来的我。

曾经的咫尺，已成天涯。

幸福其实很简单

幸福在哪里？

幸福就在你身边。

幸福在你的眼睛里，只要用心就能将它捕获；幸福在你的手心里，只要合掌就能将它锁定；幸福在你的脚下，只要移步就能到达。

幸福其实很简单。

幸福是饥饿之后的一顿饱餐，是口渴之后的一杯开水，是失眠之后的一个美梦，是孤寂之时朋友的一声问候，是炎炎夏日里的一阵凉风，是父亲的沉默和母亲的唠叨……幸福就藏在身边的点点滴滴中。

幸福绝不是别人的施舍，它是一种自我的成全，是自我比较后的满足。

幸福不属于理智，它只属于感性。幸福与否，全在你心。

幸福原来很简单，就在你的一念之间。

在与不在，你就在那里

白昼的阳光如此强烈，将所有梦幻的泡影刺穿，化为虚无。你在与不在，在瞬间变得毫无意义。

我猜想你就在那里，躲在紧闭的窗帘后面，不温不火，不喜不悲，在不经意间掀起窗帘偷看我。徒留一点遐想的怜悯给我。

河水干涸了，岸还在；潮汐退了，砂砾还在。不管你在与不在，我就坚守在这里。河水总会再次溢满，潮汐总会再次来临，你一定还在那里。

在与不在，我坚信你就在那里。尽管梦已苏醒，我的魂却不愿醒来，漂泊在等你的路上。

世上没有忘情水。在与不在，你早已在我心中。

你在那里，我就在这里。不管你在与不在，闭上双眼，你就在我身边！

怒放的生命

将头深深地埋进胳膊，聆听体内血液奔涌的声响，那是生命在律动与歌唱。

昂起头，笑对死亡的静止与寂灭，那只是生命又一次轮回。

只要时光还在流淌，生命就永恒不止。看万物生长，就能感受生命的力量。

生命或短或长，但都需要精彩。生命如花，花落有期，那就抓住每一次绽放的机会，怒放吧！哪怕有狂风暴雨，哪怕有雪雨风霜，哪怕只有一次便即凋零！

生命之美，美在生命之花开得绚烂。哪怕只有一次，也就足够！

花开一季，草木一春；人生一世，白驹过隙。生命只有一次。生命可贵，就没有理由蹉跎生命，亵渎生命。

那就要怒放的生命，让生命怒放！这才是对生命最大的尊重。

醉酒历程

醉了，沉沉醉去。记不得昨日的忧伤，也忘却了往日的快乐，所有的情感都赤裸裸地瘫软在地，在酒精中呼呼睡去。

没了记忆，没了思想，一具行尸走肉，只有灵魂还在伴着沉重的呼吸抽搐。

真想长醉不醒，就像是落地的残花败柳，不再挣扎哭泣。

可迟早总得醒来，不管你是否愿意。

醒来之后，头痛欲裂，呆滞的目光凝聚在空空的酒瓶上，浑身的酒气暗示着自己身体曾经的一次放纵。空虚和寂寞犹如冷风扑面，难以阻挡。

迷惘接踵而至，如同掉落在一片汪洋大海之中，看不见海岸，看不见船只，只有那空荡荡的蓝色天空。

情感穿着衣服归来，灵魂渐渐复苏。昨日如故，往日重现。一切记忆犹新。

幡然醒悟。海岸就在前方，船只正在驶近，流浪的白云将回蓝色天空的家。

曾经醉过？

不曾醉过！

黑夜中的沉默

黑夜将白昼的喧嚣沉淀，夜色将尘世的繁华化为无形。

夜色正浓，浮躁尽除，冷静正当时。

思绪可以自由地呼吸，灵魂可以浪漫地飞翔。独自默默品味这静寂当中的惬意。

白昼的语言太过喧闹，黑夜的语言就是沉默。

沉默中，想象这浓重的夜色就是一片深邃无垠的海，而我就是那一尾随意游荡的鱼，无拘无束。

为自己干杯！我将所有的往事用来下酒，慢慢醉倒在这夜色的襁褓中，一动不动……

这是我的世界，请不要打扰。

黑夜中的沉默，无人能懂。只有猫头鹰在默默闪亮着它的双眼，告诉我黑夜的一切……

绝对与相对

茫茫宇宙，浩瀚星空，岁月悠长，无始无终。

沧海桑田，桑田沧海，瞬间轮回，过眼云烟。

人生百年，蜉蝣一世，不过朝夕。

大千世界，坐地日行八万里。

万事万物，生生死死，循环往复，皆是状态，不是终结。

日出必有日落，月缺必有月圆；根生未必会发芽，花开未必会结果。

山是同一座山，树已不是原来的树；河是同一条河，水已不是原来的水。人是同一个人，幸与不幸一念间。宽大的胸怀，可以包容整个世界；狭窄的心肠，不能容忍一人一事。

同样的种子，结出的是不一样的果实；同样的雨水，小草快被淹死，大树还没解渴；同样的时间，西施作伴是一种享受，东施相随则是一种煎熬。

世上没有绝对的公平与公正，只有相对的合理。自由是一种戴着镣铐的舞蹈。

绝对是永恒的，相对只是绝对的戏说。

随心所欲

一阵清风吹过，白云开始散漫地飘荡。我迎着风吹的方向伫立，让我的魂伴着那白云做一次自由飞翔。恰似那鸟儿，飞离了喧嚣的巢穴，无拘无束地在天空飞舞，划出一道道优美的弧线。

飞越城市，飞越村庄。在河流之上，在高山之巅。远离尘世的纷扰，寻找一个宁静的空间，将现实世界虚无的自己彻底遗忘。

我的魂在无边无际的天空中游弋，目光却无法找到一个停落的点。但我相信，总有一朵白云在为我飘荡，总有一只鸟儿在为我飞舞。

也许有一天，所有的白云都已飘散，所有的鸟儿都已归巢。我就是一个孤魂野鬼。

不能笑着拥有，我将哭着放手，让等待变成一种宿命。

落　　日

暮云合璧，残阳如血。

在这回光返照的一刻，端起仅剩的一杯残酒，静静品味落日最后的绚烂，感受生命谢幕前的凄凉悲壮。

没有矫揉造作之态，没有扭捏矜持之姿，以残剩的力量绽放最后的光辉，让漫天的血色浸透每一个颓废的灵魂。

日出日落，生命无常。不惧生，何惧死！无法逃离死亡，那就让死亡来得有尊严！

黑暗终将吞没落日，并将孕育一次新的日出。

日落之时，毫不犹豫喝下仅剩的这杯残酒，听见自己灵魂出窍的声响。

离　　别

随着时钟的滴答声，那个离别的日子近了。

知道你迟早总要离开我们，只是现在如此真切地就在眼前。我们没有太多嘱咐，一切都融化在为你准备行装的忙碌中。

那一天，你将背起行囊，开始你期待已久的新生活。我们的思念随之开始泛滥。

那一个离别的日子，我们不会有任何伤感，有的只是无尽的牵挂。雏鹰已经长大，渴望飞翔。那就带着你的梦想，展翅高飞。我们的思念只是你翅膀上的一片羽毛，伴你翱翔。

风为你而歌，云为你而舞，离家的天空更辽阔！

为了理想的实现而离开，为了成长的开始而远行。

带上我们的思念，飞翔吧……

同学情深

有的人，在一起时就已经在你心里离开；有的人，已经离别却永远留在你心里。

同学就是你永远无法忘却的人。五世修得同窗读，因为缘分曾经相聚在一起，在内心将这曾经变成了永恒。

也许平时并没有太多联系，但一次偶尔相会，仍能感受这同学情谊浓烈，永远不会生分。

相会之时，曾经熟悉的名字变得如此鲜活，往事一幕幕重现，昨日的记忆开始在心头泛滥。始知同学是你内心幽深的记忆隧道中无法分割的一段，令人难以忘怀。

岁月无情人易老，而同学之情恰如烈酒，越陈越浓，越浓越香。至真，至纯，至善。

岁月如歌

日子如风一样飘过，只留下淡淡的滋味。

我以自由自在的方式微笑着面对一切。欢乐与忧伤，无奈与如意，都不再执著。

过眼的是云烟，不变的是跳动的心。心，在快乐的时候去追求幸福的终点，在悲伤的时候去翻检破碎的记忆。笑过哭过，坦然接受降临的一切。

人生路上，我只是匆匆的过客。有什么样的心境，就有什么样的风景。

都说岁月如歌，那就唱我自己的歌！动听与否并不重要，只要旋律、歌词是我自己的就行。

淡忘该淡忘的，记住该记住的。唱我自己的歌，走我自己的路。

岁月静好！

思　　念

在一起的时候，我只是不自觉地将自己的情感掩埋在心底，保持着一个父亲的尊严。分别了，才知道原来那只是一种虚伪的表象，远不及你在我心中的分量。

分别时，我没有言语，只是默默地看着你转身离去。不知道那时的你是否能察觉到我的伤感。

而今，你在北方，我在南方。但你从未离开过我的心。牵挂你的衣食住行，牵挂你的喜怒哀乐。

分离的时间越久，相隔的距离越远，思念就越强烈。我学会了承受分离之痛，却没学会承受思念之苦。让曾经以为是坚强的我，忽然发现自己并没有一颗坚强的心。

无尽的牵挂和悠长的思念，是一条细细的线。一头拴着我，一头拴着你，让我时刻感受到你就在身边。

思念之苦，其实就是一种忧伤的幸福。

吾儿安好。

听海哭的声音

伫立海边，静静独守这一片苍茫的海。

闭上双眼，听海浪阵阵呜咽，那是大海在哭泣。

是在诉说埋藏的陈年往事？还是在悲叹时运不济？

不敢睁开眼，只因怕看见自己滴血的心。

宁愿滞留在梦中。但最美的梦，总也有醒的时候。

梦醒时分，繁花落尽，红尘依旧。

伫立海边，闭上双眼，听海哭的声音。

沧海一声哭，惊醒了多少梦中人，破碎了多少人的梦。

再回首，往昔又如梦。物是人非，恩怨情仇早已随风飘散了。

随　　意

人生苦短，譬如一次短暂旅行。沿途风景，美与不美，不可能让你来设定，得用淡然的心态一一浏览。

万事万物，生生灭灭，自有规律。人生一世，得失之间，自有定数。千万不要太在意。该得到的总会来，该失去的总会走。

一切都顺其自然，一切都随缘而定。

其实，人生本无所谓痛苦，也无所谓快乐。所谓的痛苦与快乐，都来自自身的心灵感受。复杂的心，计较越多，痛苦就越多；简单的心，宽容越多，快乐就越多。

人生不如意事十之八九，皆是欲望太多惹的祸。

真有无法如意太过纠结的时候，那就选择随意，也只能随意。

随意是一种生活境界。随意了，就能欣然接受命运的每一次安排，无论是该来的还是该去的。

做一个简单的人，随意就好！

我只属于你

曾经心在坚定地漂泊，以为如此就可以追求孤单的自由，却在某个日落之时，发现自己的身影是如此孤独地融化在夕阳的余晖中。

厌倦了没有灵魂的躯壳在四处游荡，逃避永远没有尽头。

妄想将自己淹没在茫茫人海中，可始终感觉到你的眼神在时时刻刻注视着我。我是一条四处漂泊的小船，你就是那茫茫无边的大海，无法逃离。

注定我是属于你的。你是不是也属于我？

那就在今夜归航，泊进你的港湾，把情感的缆绳牢牢系在你的心上，从此不再流浪。

星月之下，你已入睡，我则悄悄守护在你的身旁。

我只想轻轻告诉你——

在你的心室里，还跳着另一颗如痴如呆的心。

台　　风

急速旋转快速前行的空气涡旋，挟持着狂风暴雨，扫荡广阔的海域，向海岸线扑来。

无可阻挡。

所到之处，一切都遭受你的蹂躏，丢盔弃甲，遍地狼藉。你得意地狞笑着。

大地，露出坚实的胸膛，抵抗你的张狂。

没有过多的言语，大地以博大的胸怀默默迎接你的到来。看来势汹汹的你，还不是虎头蛇尾，在大地的怀抱中逐渐消散于无形之中。

不再惊悸于你的霸道。待你肆虐过后，照样还是一片艳阳天！

得意之时莫张狂，你好自为之吧！

这　一　刻

这一刻，暴风雨过后，阳光直射大地，我仿佛就是一片云彩，从山的这边努力飘向山的那边。

大地依然泥泞，满山的树枝也依旧挂着泪珠。但我幻想着山那边盛开的鲜花，风光无限。

曾经以为对山这边的世界了如指掌，其实却是一无所知。而我已慢慢学会了如何吞噬自己的痛苦。也许是自己的无知才让自己变得无畏。

这一刻，对山这边已没有丝毫眷恋。将这边的记忆打包封存，我只渴望能到达山的那边，一切重新开始。

飘在天空。看见一只小鸟，从一棵树飞到另一棵树，准备放开歌喉。这是不是就是我真实的写照？

想象永远比现实要美，我庆幸我还能想象。

但也许又一阵暴风雨袭来，将会把我击得粉碎。山的那边我可能永远到达不了，但我愿意努力。

这一刻，我在山的这边死去，期盼着能在山的那边重生。

我的情感在黑夜中绽放

夜深人静的时候，心灵是最脆弱的，而思绪是最疯狂的。

被白昼压抑着的情感会肆无忌惮地拨动心弦，让我孤独地聆听内心真实的声音。

整个世界仿佛停止了呼吸，静静地欣赏这些情感在自己的血液中流淌。原来它们早已和我交融一体，无法剥离。

面对曾经的一切，我显得多么无奈。多想喝下一碗孟婆汤，把一切都放下。

忘记其实并不难，但我没有勇气去证实。只能任由情感的记忆去颠覆我本该平静的心灵。

或许我的情感就是一朵昙花，只在黑夜中默默绽放。尽管短暂，却将生命最灿烂的一刻交给了黑夜。我是属于黑夜的。

记不得白天来时的路，我就只能在黑夜慢慢前行。

抬头仰望茫茫天际，群星璀璨，但又有哪一颗才是属于自己的呢？

让自己快乐起来

人生艰难。从自己的哭声中开始，又在别人的眼泪中结束。

我们不得不背着责任和道义的包袱孤独前行，没有片刻停息。

太多的诱惑在路上招摇，给我们开出无数空头支票，却无法去兑现自己的希望。

太多的苦难在前途等待，给我们设置重重障碍，但也无法阻止我们前进的脚步。

跌倒了，爬起来。莫回头，只向前。

人生不是演戏，不需要用太多的脂粉去涂抹自己。想唱就唱，想笑就笑。用不着委屈自己。

痛苦是自己的，快乐更是别人给不了的。

有千万种理由使自己痛苦，那就接受那些改变不了的事实，找一个最简单的理由让自己快乐起来。

生命原本就不该太过沉重。快乐才好！

生活需要释怀

只是有太多的纠结难以放下，所以才会让痛苦牢牢将自己捆绑。

死不放手地执著，只能让不幸如影随形。

作茧自缚未必就能破茧成蝶。

如此念念不忘，究竟有多少实在意义。

生活本就有许多遗憾和无奈，但不需要有太多悲伤。

放弃并不可怕。与其撞墙，不如转身。飞蛾扑火，那只是自取灭亡。

狂风暴雨该来就来吧！我只感恩还能有为自己挡风避雨的屋檐。

生活需要释怀，才能让自己微笑。

不用去猜想未来生活的情节会是怎样。

闭上双眼，面带微笑，静静等候未来的到来。

心是一片海

心是一片海，一片属于自己的海。

海不是温柔乡，也不是勇敢者的天堂。我需要的是宁静，早已经不起风卷浪打。

我沉默寡言，每天只徘徊在自己的海边，看大海如何演绎自己曾经的故事。

所有故事的结局都是注定的，任何幻想都只是自欺欺人。我在海中漂，打捞故事的残骸，一一收藏。不喜亦不悲。

曾经的惊涛骇浪都只是记忆中的存在，平静的海面才是我心灵的镜子，但我根本看不清自己的模样。

真是怀疑时空是不是已经错位。缅怀现实的这一瞬间，我看不到海的那边。

故事仍在继续演绎，结局却早已猜透。

心是一片海，是不是真的就属于自己？

我只是一种曾经的存在

我是谁？我从哪里来，要到哪里去？

我只是宇宙中的一粒尘埃。在历史长河中，我只是一个小水珠。

心不动身动，身能随波逐流，心却能固守，心固守处就是我的始点；身不动心动，心能穿越时空，心动处就是我追逐的终点。

我知道我从哪里来，要到哪里去。心才是自己的见证。

过往的早已离去。终归我将湮灭在历史长河中，不留下任何痕迹。

人生就是一张白纸，一如初生的婴儿。死亡也只不过是转换了一种存在的形式而已。我手中尽管拿着笔，却没有留下任何文字。

我只是宇宙中曾经存在的一粒尘埃。

陀螺人生

生活之鞭，工作之鞭，责任之鞭，情感之鞭……鞭鞭相随。

我就是鞭打之下的陀螺。

由不得自己，我得不停地旋转。

旋转，旋转，旋转……始终只在原地旋转。

哪怕已筋疲力尽，也没人理会我沉闷的呼吸。

但如果没有了鞭子，我定然会轰然倒地。

这或许就是我人生的宿命！
想摆脱鞭子，却又离不开鞭子。
原来，心才是自己真正的鞭子。

人类与自然

人类本是自然的杰作，理应与自然融为一体，对自然抱有敬畏之心。

不曾料人类贴上“社会”的标签，与自然闹起了分离，从此就矛盾百出。

无数次人类扛着“文明”“进步”的大旗，一边狠狠吮吸着自然的乳汁，一边狠狠咬破自然的乳头。

人类对自然进行肆无忌惮的掠夺、戕害。

在自然丰富的资源馈赠面前，人类睁开的不是怜惜的目光而是贪婪的目光。

你争我夺，人类与自然的矛盾也就演变成了人与人之间的矛盾。不可调和之时，战争就成了人类自相残杀的唯一利器。

人祸横行之时，森林被毁，物种濒危，江河污染，毒雾弥漫，水土流失……这就是自然对人类还以的颜色。

毁一片森林很容易，长成一片森林需要千百年的时间。自然的自我修复能力怎么赶得上人类破坏的速度?!

会不会有那么一天，没有了花草树木，没有了鱼虫鸟兽，在一片荒芜死寂的世界里，只留下人类自己悲凉的哭泣声，四处飘荡。

大　黄　鸭

大黄鸭，是荷兰艺术家霍夫曼以经典浴盆黄鸭仔为造型创作的巨型橡皮鸭艺术品系列。大黄鸭所到之处就受到人们极大的关注，深受追捧。——题记

小时候，我曾养过小黄鸭。

长大了，小黄鸭只留在我记忆的深处。

有一天，一只大黄鸭闯进了我的眼帘，让我再一次回到了童年的时光。

触发的一切都是爱的记忆，浴盆、温水、母亲的双手……

快乐和温暖就此在内心流淌。

原来快乐能如此简单地得到，原来爱能如此单纯地流露。

这不是童话，却胜似童话。

大黄鸭以最萌的姿态，见证了什么才是真正的全民狂欢。

感谢有你

我喜欢独处，这是一个绝对自由的王国。

不想让感情麻木，不想让思想僵化，不想让灵魂颓废。我就用最简短的文字植下一株株细柳，让它们生长在我的心里。

弱不禁风，将心门紧闭，就从没奢望它们能长大成林。曾经以为这就是我的世界，已经足够。

你却以友谊之名，拿出一把圣洁的钥匙，将我的心扉打开。

没有矫揉造作，没有虚情假意。淡淡的随意，我的心就渐渐融化在这淡淡的友情之中。

淡淡的友情很纯真。友谊不是简单的口号，不需要过多的言语表白。我背后你那默默关切的眼神，以及在偶遇时淡淡的一声问候，都能让我感受友情的温暖。

淡淡的友情，那是清澈见底的涓涓溪流，慢慢滋润了我的心田，让我内心的这些细柳长大成林。

感谢有你。让我独处时，也能细细品味这友情的浓郁芬芳。

今天你要嫁人了

今天你要嫁人了。

看着你从小慢慢在我眼中长大，小小的你今天终于要成为别人的新娘。为你高兴，为你喝彩。

今天你要嫁人了。

爱情之花终于结成正果。今天你将挽着他的臂膀，依偎在他的身旁，品味这甜蜜的果实。在众人的祝福声中，请将这人世最美的画面定格成永恒。

今天你要嫁人了。

此时的北国，天有点冷，但你的心是火热的。雪飘飘洒洒，恰似你那洁白的婚纱，散发出圣洁的光芒。

今天你要嫁人了。

在《婚礼进行曲》回荡大厅之时，远方的我给你最纯真的祝福——

相遇是缘，相识是福。懂得珍惜，共守一生。

今天你终于要嫁人了！你是世上最美丽、最幸福的新娘！

忏　　悔

欲望的魔鬼入侵我的灵魂，理智无法主宰自己的身体。

有太多的自私、贪婪、罪恶纠缠，我已不认识自己。

用不着别人的谴责与唾骂。我自己愿意将自己掩埋，或者干脆自己往自己的胸膛插入尖刀，看自己流出的血是否还那样鲜红。

时光在白昼黑夜的交替中消逝，曾经的过错会流逝吗？人非圣贤孰能无过，这实在只是一种逃避责任的借口。

口头的检讨苍白无力，只有来自灵魂深处的忏悔才是真正的良知回归。为了救赎灵魂的纯洁，我愿意用一生来忏悔。

站在地狱的边缘，仰望梦幻的天堂。我渴望能找回失落的自我。

雪花，洒落的是温馨

都以为春天已经撩开裙摆，将展示多彩的日子。

毫无预兆，却迎来纷纷扬扬的雪花，慢慢将天地染成一色。

没有了喧闹，没有了烦扰。我在路上，静听北风吹过空旷街道的呼啸。

寒风中，并不觉得刺骨的冷。心随风雪而舞，充满温馨。

行走的脚步越发轻盈，没有了往日的迷乱。隐藏已久的各种梦想，再次挣脱现实的束缚。

张开双手，看雪花落在掌心，慢慢融化，感受这由冷到暖的瞬间。

漫天雪花中，行走在这熟悉而又陌生的城市，心却充满丝丝暖意。

三月，我醒来

在三月的和风细雨中，我醒来。

经过了一个多么漫长的隆冬岁月，我在沉醉中疲惫不堪。感受三月万物生命的律动，我醒来，要热切地迎接这初春的到来。

昨日杯中的残酒犹在，而我已开始决定背叛昨天，将酒杯倒置。

整理好所有的思绪，将记忆入库。打点好行囊，我要开始春的旅行。

春是一个令人安详的季节。鸟语花香。就让我漫无目的地行走在田野上，找回真实的自我。

让这三月的风，轻轻抚摸我的身；让这三月的雨，慢慢滋润我的心。

我知道，梦想定会在和风细雨中发芽，幸福定会在红花绿叶间绽放。

我醒来，在三月的和风细雨中。

安昌古镇

古镇拒绝都市的喧闹，就懒洋洋地躺在午后初春的阳光中，宁静而安详。

碧水静静地依偎在街旁，偶尔一艘乌篷船轻轻滑过水面，用桨声唱一曲外婆的歌谣。

小桥，以谦恭的姿态，将岁月迎来送往。粗糙的外表下，内里蕴藏着多少动人的往事？

我漫步在古镇的街头。让视觉和思想失去作用，用心去体会，用脚去感受，它那原汁原味的千年纯朴。

多少游客来了，又走了。

我却将魂慢慢融化在这如画的古镇中……

油菜花开

三月的江南，已是油菜花盛开的季节。

每一个日子都是金黄的。去乡间，去原野，让心去虔诚感受这金黄的律动。

油菜花开，泛滥成海。风吹过，卷起层层金色的浪。

那是家乡儿时的梦！不用犹豫，牵你的手，投身其中，让我们静静聆听这花开的声音吧！

言语是多余的。我只紧紧握住你的手，让你感受到我真实的存在。

这一刻，我只希望自己能晶莹成你幸福的泪珠……

固　执

大脑的细胞已僵化成一块坚硬的岩石，你已无法容纳别的任何思想。你是不是最伟大的思想家？

也许，这种与生俱来的固执，曾经是你成功的范式。

在你的眼里，只有简单分明的黑夜和白昼，却没想过还有极夜和极昼的存在。

世界并不是你想象得那么简单。

固执，是一堵墙。你将自己封闭在墙内，已看不到外面的世界。

是不是一定要等到那么一天，在这墙上撞得头破血流，你才能幡然醒悟？

试图用自己的固执去征服别人，伤害到了别人，但最终一定会伤害到自己。

一抹阳光

都说水、空气和阳光是最公平的。它们不论贫富贵贱，一视同仁。

但水已染成黑色，空气也充斥着尘粒，只有那阳光还是清洁的。

早已没有了太多奢求，我只是渴望拥有一抹属于自己的阳光。

阳光静静洒落，无声无息，却带给万事万物多少灵性和生机。

我以自己最舒适的方式放松自己，不思不想，默默接受这一抹阳光的抚慰，伴着阵阵淡淡而孤寂的呼吸。

平淡的岁月已经让自己变得懒慵。昨夜的梦已经模糊，一切早已归于平庸。

阴云密布，黑夜来临，阳光会随之而去。没有什么是我们能长久拥有的。曾经的过往，就让它埋进岁月之河深深的淤泥中。

人生就如一篇文章，总有画上句号的时候。

我知道，太多的叹息，终究会让生命荒芜。

不舍也好，无奈也罢，我希望在黑暗中推开窗户，依然能心存一抹阳光。

童　真

我立在阳台，看楼下草坪上一群孩子在嬉戏。

没有阳光，天阴沉沉的。他们并不在意，或许根本就没注意。阳光有与没有，此刻对他们并不重要。

他们在草地上打打闹闹，叽叽喳喳地欢叫着。此时他们的世界就是这一方草地和同伴。开心了就笑，委屈了就哭。

他们的心是如此单纯，单纯得透明。

我在上面拼命阅读他们。童真就写在他们的脸上，写在他们的哭笑声中，写在他们所有的行为里。

看着看着，我不禁悲从中来。我已找不回这简单的童真，而他们也终将慢慢长大，失去这简单的世界。

走进夏天

走进六月，春天就收起了绚丽的画板，悄悄溜走了。

阳光开始变得刺眼，闷热的气流盘旋在周围，呼吸开始变得沉重起来……

白晃晃的阳光下，小草早已耷拉着脑袋，无精打采。只有大树在努力抵抗，也许它知道，只有经历了这炽热的拷问，才能把绿色的巨伞举得更高。

我不知道迷失的风会往哪个方向吹，只是，对雨的渴望越来越强烈。

可是，没有风，也没有雨。阳光是世上最好的除霉剂。

那就让灵魂挣脱肉体在炽热的阳光下做一次彻底叛逃，用自由的灵魂嘲笑放纵的肉体。抛弃所有的虚伪，用真诚来救赎自己。

炽热是夏天阳光真诚的告白。那就坚定地走进夏天。

夏天只是通往秋天的客栈。走进夏天，终将慢慢迎来清爽的秋天。

梅雨季

虽没遭受过北方沙尘暴的肆虐，却不得不忍受江南梅雨的浸淫。

一会儿细雨绵绵，一会儿大雨倾盆。全由着老天爷的性子。

在这湿漉漉的季节，连空气都能拧出水来。

城市消失在烟雨中，只剩下那刺耳的车轮声。

锁在眉宇间的心事，慢慢沉积心头。

支离破碎的心，挣扎在城市的边缘，徘徊在半梦半醒之间。

只怪那梅子要早熟，才让人湿热纠结于心。

哎，不如浮一大白！待那出梅时，迎候夏日最灼热的拷问。

我的天空

天空那么阔大，那么遥远！而我的天空在哪儿？

是风吹散了它？是雨打乱了它？是云遮住了它？

努力追寻，却发现自己的眼里已满是世俗的尘。我早已看不清自己的天空。

也许我被尘封已久。那就干脆闭上自己的眼，不想再见岁月咳出的历史淤血。

好吧！饮尽一壶浊酒，将空空的酒杯丢在角落，心反而更亮堂。我开始只相信自己。

但无论是白天还是黑夜，心总在敲打尘封的世界。不需要应答，这只是一种本能。

我知道我的天空还在，并未消失。

我的天空应该还是湛蓝的，不应受到各种文明的污染。没有风，没有雨，没有云，只管将所有过往飘忽的记忆融化在这幽幽的湛蓝中。

鸟儿既已把歌声遗弃，那我就该将自己思想的碎片编辑成词，用最原始的方式歌唱。

自由的心就放飞在我的天空。

是走的时候了

风走的时候，也带走了云。天空一片碧蓝，只剩我的心悬挂在空中。

我知道，我也到了该走的时候了。

走，不为什么，只是我的季节老了，人生淡了，心想寻找一处宁静的归宿。

太多的不舍只能放下，太多的情愫只能压抑。我挥挥手，无力回头，尊重自己本能的选择。

过往的风云，昔日的情感，早已融化在我心中。我绝不会将冰冷的背影留下。

此刻，语言是多么苍白，文字与自己的感觉有多么隔阂。我只好将所有的牵挂打包，默默伴我前行。

风总有歇脚的时候，云也就会安顿下来。

不需要走多远，那儿就是我灵魂的歇息处。

选　　择

太多的选择都在梦中进行。醒来才发现，现实的选择并不多。

是继续沉溺在梦中，还是选择醒来？

黑夜过去，黎明的曙光显现出猎人黑洞洞的枪口。原来我就是他的猎物。

无力逃避，那就坦然面对。对着枪口，我微微一笑，没有一丝后悔。

选择了攀登，也许到不了峰顶。选择了奔流，也许掀不起波浪。选择了孤独，那就必定只能由自己默默承受。

生死之间，荣辱之间，原就只隔一层薄薄的墙。是否穿越，全在自己一念之间。

人生不是游戏，并没有多少选择的机会。既然是自己的选择，就没人会对我负责。

生命由不得我选择，但我可以选择走过生命的方式。

一声冷笑，我选择毫不犹豫地用灼热的胸膛堵上猎人的枪口！

停止想象

曾经仰望辽阔的长空，想象自己是一只鸟，有着一颗飞翔的心，但已经没了翱翔的翅膀。

曾经俯视深邃的海洋，想象自己是一条鱼，有着一颗遨游的心，但已经没了呼吸的鳃。

天空是鸟儿的家乡，大海是鱼儿的故乡。我，已失去了故土。

没有了更多的奢望，没有了更多的哀伤，也就不再需要什么想象。

尽管往事早就像落叶随风而逝，回忆却难以抹去。想象却是一种慢性毒药，让自己的灵魂迷失。

让自己的想象力归零吧！

我只是一个背对他人的过客，固执地远行，早已忘记了回家的路。但我要往何处去呢？

陌生的路人，冷淡的目光，不需要什么礼节性的招呼，我本就习惯孤独的存在。

不再年轻，我已经没有什么可以付出的了。

让一切都顺其自然。

都说今朝有酒今朝醉。好吧，就将昨日杯中的残酒一饮而尽，寻求一种孤单的快乐。

鸟儿没有了翅膀，那就栖身在枯藤老枝上，和小桥流水一起老去；鱼儿没有了鳃，那就静静地躺在地上，和这最后的一抹阳光一起消失。

归　真

日子淡如流水，就这么悄悄流逝。

我的魂早已习惯安静地守候在自己的身躯之中，不再纠结挣扎。

喧嚣的都市与宁静的乡村，于生命本就没有太多的意义。生命之花哪儿不能绽放？

孤芳自赏不需要勇气，那只是一种境界。

要什么理解，要什么同情，我只走自己的路。

就让记忆成为自然，不再刻意。

就让行为抛弃表演，做回自己。

坦诚面世。哪怕孤独寂寞，那也是一种清福。

弹指笑浮生，将人生的故事散落尽。

不如归去！

生活越简单越好

曾经无数次，黑夜穿过失眠的房间，曙光扫过苍白的灵魂。只落下一地记忆的碎片。

努力将记忆串联，装入行囊。我想逃离。

徘徊在钢筋水泥的丛林中，固守自己最后的心灵堡垒，在世俗中无奈地挣扎。

满城的灯火，又有哪一盏是属于我的？没有方向，我只是负重摸索前行。

年龄不是经历，知识不是智慧。我仍迷失在十字路口，幼稚地仰望星空。

岁月织就的生活之网，人生不过只是其中一个节点。无处可逃。

人生如戏，尚未落幕，结局却早已注定。

那就简单生活，越简单越好。

失眠不过是灵魂之鸟在孤独地飞行，苍白但不会枯萎，用微笑将记忆联结。

不再徒劳地逃离，只需在月光下漫步，不问方向。

任我在岁月的河流中漂向远方，去倾听时光流逝的声音……

淡　然

河水东流奔大海，云卷云舒在天空。花谢无语会再开，叶落无啼又重生。

无需什么理由。在意与不在意之间，一切自有定数。

曲终人须散，人走茶会凉。怀着一种优雅与释然，淡然地面对生活。

曾经的过往，只是人生的一种经历。不必刻意，让它在记忆的空间中自生自灭吧。

太阳下山升明月，风雨过后见彩虹。不必强求，顺其自然。

爱恨情仇，挣来的也许只是一副枷锁，徒增烦劳。

那就放下昨天，也放下明天；放下自己，也放下他人。放下即是拥有。

人生是一张油画，早晚都会褪色。不如将心门打开，任由来往过客在心壁上留下痕迹。

岁月终将模糊记忆的脸，切莫让心灵的天平倾斜。

淡然不是消极，只是直面生命的本真，让灵魂永不沉沦。

下编　随笔

说与不说

在诸多场合，如你暗恋一个人，对方对你毫无感觉，如在某些会议上，领导要你发言，你又不想说假话，明知说了也白说，但说不说是个态度问题，是责任心、良心问题，听不听是他们的事情，非我辈能左右。但不说白不说，因为不说的话，那么连说的机会也没有了。所以白说也要说。

喜欢与爱

因为喜欢才有可能去爱。如你喜欢一个活动，你才有可能爱去参加；如你喜欢一个事物，你才有可能爱上它；如你喜欢一个人，你才有可能去爱他或她。但喜欢和爱之间是有距离的，应该说喜欢的极限才是爱，有时仅仅是喜欢，却永远到不了爱的高度。所以喜欢必定是爱的前提，爱才是喜欢的最终也是最理想的结果。因此，不喜欢的要你去爱，或爱的是你不喜欢的，都是极度可悲的事情！所以生活中可以多说喜欢，但慎说爱。

“官”主与“民”主

中国几千年来的传统是“官”主，小民没有发言权（即使有发言权也没有做主权）。“官”主是很难根除的。民间有一对联，上联是“领导说行不行也行”，下联是“领导说不行行也不行”，横批是“不服不行”。此乃现实版官僚主义的真实写照。前几年有一学者Y君说“民主是个好东西”，国人为之欢呼雀跃。其实我听了感到可悲之极。因为这本该是人人都懂的道理，实在没有为此兴奋的理由，但出人意料的反应，只能说明民主严重缺失。我们缺少的不是民主意识，而是民主制度的进步与完善，是“官”主的自动退位。民主就是人民群众做主，因此，民主也就是“民”主、“群”主，什么时候社会上“官”主的现象越来越少，则“民”主必然越来越多，民主也就离我们越来越近了。

历史的真相、表象及假象

最近读一些历史类的图书报刊，常惊讶于自己历史知识的贫乏，尤其是惊讶于历史表象太复杂，假象丛生，真相实在难得。好多历史的真相并不是我们习以为常的那种认识。历史是尘封的，许多我们自认为相当了解的历史“真相”其实仅仅是历史的表象，这些表象中是有不少尘垢的，表象尘垢的背后才隐藏着历史的真相。更不用说还有许多是历史的假象，假象产生的主要原因是权力因素的影响，统治者出于维护自身统治及自身利益集团的需要，故意将历史的假象端给公众。正直的史家们试图拂除历史的尘埃，还原历史真相，却发现这并不是件容易的事，因为这个社会的记忆缺失太多。当然，骑墙头两边倒的史家对历史假象的盛行也起了推波助澜的作用。英国哲学家培根说“读史使人明智”，但那些历史的假象会使人越读越蠢。因此，读什么史、怎么读才是关键。

活出自我才是真

人为什么活着？这是一个人人都会面对但又很难有正确答案的哲学命题，因为人都有自己的理解和自己的活法。常听有些人说活着太累，我想主要是由于这类人都是为别人而活造成的。想笑的时候不敢笑，想哭的时候不敢哭，想高兴的时候不敢高兴，想发怒的时候不敢发怒，想赞扬的时候不敢赞扬，想批评的时候不敢批评。自己的一切言行举止都得看别人的眼色行事。这类人说得好听点是谨小慎微，难听点是丧失了自我。完全是为别人而活，不累才怪！你我皆凡人，本来上苍就没特别眷顾你我，没什么得到的，也就不用怕失去什么。其实你我除了这点自我之外，再没有其他。难道还要将这点可怜的自我也自动抛弃？自我是你我仅存的尊严了。因此，只要不触犯法律和道德的底线，秉性而为，该干什么就干什么，岂不是活得轻松许多？

用自己的头脑思考

1971年7月14日，朱维铮在看守所中面对自己的35岁生日，忽然明白："我应该有一颗属于自己的头脑，我要用自己的大脑思考。"从这天起，他决定做他自己，再也不用别人来替他思考。诚然，每个人都有一颗自己的大脑，上帝给你这个器官是让你用来思考的，不是当摆设的。但这个大脑是不是真正"属于"你自己呢？难说。人与人之间当然会有很多不同的差异，但最主要的是思维方式与思考能力的差异。有些人习惯于让自己的大脑只听从别人的指挥，不敢或懒得开动自己的大脑机器，自己头脑中跑的都是别人的马，大脑固有的思维能力和批判精神严重弱化。法国作家贝琳达·卡诺娜在文章《愚蠢可以得到改善》中围绕着愚蠢行为进行了反思。她认为，愚蠢分为两种：持久性的与暂时性的。而今天的愚蠢，就是不用自己的头脑思考。因此，人一定要学会自己分析、思考问题，哪怕是亲眼所见、亲耳所闻，也要经过自己头脑的过滤，真正让自己的头脑只跑自己的马！

心安即幸福

现代社会不断发展，与客观福祉的提高形成鲜明对比的是，人们的主观幸福感并没有呈现相应程度的上升，甚至不断下降。这是十分矛盾的现象。我觉得，之所以许多人会感到不幸福，主要是由于人们总是喜欢比较，比较往往会有差别，有差别难免会有失落感，内心也就不会平衡，不平衡就会产生焦虑，有焦虑就不可能有幸福感。幸福感是一种心理感受。幸福感来自内心的安详宁静，所以需要保持一颗淡然的心，真正做到"宠辱不惊，看庭前花开花落；去留无意，望天空云卷云舒。"

因此，我觉得对事物、对名利应有的态度是：得之不喜，失之不忧，宠辱不惊，去留无意。这样才可能心境平和，淡泊自然。其实我们一直在提倡和谐社会建设，但要注意“和谐”不是没有差别，不是世界大同，只不过是把各种差别协调在一起。不成为人们内心的矛盾冲突。当然，“和谐”不是和稀泥，社会的各种差别应该是一种合理的社会存在，这样才能调和在一起如果超过这个限度，人们对待这些差别也就很难不产生内心的矛盾冲突，内心也就很难“和谐”。因此，和谐社会的建设就是要让人们有幸福感。心安即幸福！

欣赏本真

现代高度发达的社会，公众的心态越来越浮躁，一切都“快餐”化了，对于许多事物的本真已经不屑甚至不会欣赏，很难求得内心的宁静平和。其实，早晨红日透过云层将阳光普洒大地，抑或晚上满天星空映着冷月的清辉；草地上牛儿安静地吃草，小河静静地流淌；孩子安详地吮吸母亲的乳汁，母亲低吟着摇篮曲……面对这一切，我们的内心应该是祥和幸福的，因为这才是万事万物的本真。可惜，好多人已不懂得欣赏这些身边本真的美，无法体会身边这些微小的幸福。因此，让我们珍视身边一草一木、一山一水，如同珍视我们自己。

真正的朋友

也许人的一生你自认为有很多朋友，但相信真正的朋友并不会太多。很难对真正的朋友下个确切的定义。是否可以说，真正的朋友，是你有烦恼时可以尽吐心声毋庸顾忌的人，是你有困难无法解决时头脑中首先蹦出的人，是你美梦正酣时吵醒你而你没有一点不快的人，是你平时不常联系碰到时却依然十分亲切的人……真正的朋友，会在你失落而最需要安慰时给你安慰，在你颓废而最需要勇气时给你勇气，在你快乐最需要别人分享时则只在你身旁默默关注着你。真正的朋友，不会计较与你交往的得失，永远会在他的心灵深处留有你的一席之地。

顿　　悟

顿悟本意是禅宗的一个法门，也就是六祖惠能提倡的“明心见性”的法门。相对于渐悟法门而言，它是指通过正确的修行方法，迅速领悟佛法的要义而取得成功。顿悟引申到现实生活中，就是人们对于“百思不得其解”的难题，在某一刻突然之间看穿了问题中各种关系之间的奥妙而得到理解和解决。所谓“踏破铁鞋无觅处，得来全不费工夫”是也。表面上看，顿悟这种突然之间的开窍具有突发性和不确定性，但其实我认为它不可能是空穴来风般的突然爆发。顿悟之前会有一段令人焦虑不安的“百思”的过程，而这才是突然“得来”的基础。相信许多人会有这种体验。所以，生活中碰到难题，希望不通过付出艰辛的思索过程，而祈求上苍垂爱，令你一朝即得的想法，是极其愚蠢的。这与穷光蛋想不通过努力劳动而谋求一夜暴富是同样的不切实际。

底线原则

底线就是能够容忍的最低限度。

每个人都有自己为人处世的底线原则，这个底线尽管会因人因事而异，但最基本的底线应该是人格不受到侮辱，或者说你自己的人格必须得到应有的尊重。比如两人吵架，别人可以骂你是笨蛋，但绝对不可以骂你不是人，因为你不是人就意味着你是个禽兽，这就侮辱到了你的人格。正如孔子所言，“己所不欲，勿施于人”。己所不欲的，往往就是你自己的底线。你不喜欢别人强加于你的，请你不要强加于别人。所以，底线原则一方面提醒你要保护好自己，另一方面提醒你要善待他人，不要伤害别人。

其实，底线原则存在于生活中的方方面面，每一种职业、每一个组织集团乃至每一个国家民族都有自己的底线原则。我认为，对于各种职业而言，职业道德往往就是该职业的底线。如作为医生，救死扶伤就是其底线；作为教师，教书育人就是其底线；作为军人，保家卫国就是其底线。对于组织集团来说，也是一样。如作为一家企业，理应坚守自己操守的底线，保证食品安全是食品生产企业的底线，保证生命安全是汽车制造商的底线，保证药品质量是医药部门的底线。如果突破这个底线，谋取不合理的利润，这个企业最终必为社会所唾弃。而对于国家来说，维护本国的主权不受到侵犯，这就是底线。维护一个国家的领土完整，这是国家主权最基本的体现，如果连这都保护不了，政府又如何去面对它的国民！

生活就是期盼

人要完全放弃欲望很难，生活就是期盼。人生有太多的期盼，期盼每时每刻都伴随着你我。久雨不断期盼阳光灿烂的一笑，酷暑难耐则期盼雷雨骤降；物价上涨期盼工资涨一点，工资涨了期盼物价跌一点；上班期盼工作少一点，下班期盼业余生活丰富一点；购物期盼能有最大的折扣，有了最大的折扣期盼是最低价买到的人；你爱人期盼人也爱你，你不爱人期盼人依然爱你；功成名就期盼众人的祝贺，发了横财期盼无人知晓；失眠期盼能一觉到天明，做美梦期盼醒后能再续……尽管好多期盼难以达成，但我们依然期盼不止。其实，正是这无数达不成的期盼，才引领着我们的生活不断前进。人生就是期盼的生活！

学会放弃

生活需要期盼，但也要学会放弃。其实，生活中太多的期盼往往是自己的一厢情愿，如果过于执著这些无法实现的期盼，会活得很不开心，活得很累。明知不可为而为之，可谓愚蠢；明知期盼无望而坚守之，可谓偏执。生活中实在是有太多的事例来加以印证。明知自己子女才智一般，却偏偏想尽一切办法，用尽一切手段，望子成龙、望女成凤，结果是累了自己，苦了子女，徒劳无功；明知一段感情无望，却难以割舍，痛苦的是自己，对方却毫无感觉……因此，懂得放弃，学会放弃，我们会活得更轻松些，活得更容易些，也活得更快乐些。

别太拿自己当回事

人生在世，既不能不拿自己当回事，也不能太拿自己当回事！

不拿自己当回事，意味着你对自己的一生不负责任，意味着你对自己的生命尊重不够；太拿自己当回事，意味着你对自己的一生有太多的奢望，意味着你对自己的生命关爱失衡。

不拿自己当回事，你就会失去生活的信心，稍遇挫折，就会破罐子破摔，轻薄生命，丧失人生的尊严；太拿自己当回事，你就会因虚无的自满而锋芒毕露，也会对生活有太多要求，好像这世界没你不行，人人都亏欠你什么，你就很容易走向偏执、狂妄的误区。

人生舞台，无论你是主角还是配角，对自己都要有一个清醒的认识。如此，众星捧月时你就能泰然处之，深居山涧时你则能安之若素。唯有内心祥和，你才能活得简单，活得轻松！

行万里路与读万卷书

古人云："行万里路，胜读万卷书。"我想这在古代是有道理的。因为古代万卷书所含的知识量实在不会太多，按春秋时期的简牍来看，万卷书就当它是个确切数字，也不过千万字左右，人要读万卷书并不是难事。当时处于知识积累的阶段，行万里路确实能增长不少见识，实践出真知，行万里路实质是创造知识不可缺少的一环。但当时科技落后，对于古人而言，行万里路的艰辛可想而知。所以，才会有"行万里路，胜读万卷书"的说法。

当今时代，知识爆炸，科技发达。"行万里路，胜读万卷书"这个说法已经值得商榷。"行万里路"实在不再是难事，日行万里也是轻而易举的事。而“读万卷书”是大大的难事。就拿纸质书而言，相信穷尽一生能读“万卷书”的人寥寥无几。一个人要掌握人类累积的所有知识，无疑是天方夜谭。

因此，对于“行万里路，胜读万卷书”这句话需要重新解读。“行”，不再强调行的距离远近，而要注重行的方式，强调行的过程体验，这样既可以加深对已有知识的理解和掌握，又在可能的情况下创造新的知识。“读”，强调读什么和怎么读。读什么，就是该读的读，不该读的坚决不读；怎么读，就是该精读的一定要精读，无需精读的浏览一下即可。因为人的精力毕竟有限，“行”和“读”一定要基于有目的、有意识的筛选。当然，古人的“行万里路，胜读万卷书”所包含的哲理，即强调自身的体验实践，“纸上得来终觉浅，绝知此事要躬行。”对于今人还是有一定借鉴意义的。

可以与不可以

你可以不说但你不能撒谎，因为你骗得了所有人但终究骗不了自己的心。

你可以被人打倒但不可以被人打败，你可以不成功但你不可以不努力，因为你可以不是第一但可以做最好的自己。

你可以选择放弃但不可以放弃选择，你不能要求事事顺心但可以要求事事尽心，因为你可以适应环境而不可能让环境适应你。

你不可以选择容貌但可以展现笑容，你可以不追求流行但不可以拒绝现实，因为你不能改变昨天预知明天但可以把握好今天。

人生最纠结的，就是你可以跨越千山万水却最终越不过自己内心的一道坎。说白了，别人可以替你死但替不了你活。活得咋样要全看你自己。

儿童节随想

又到儿童节。尽管还会收到祝福的短信，但这早已不是我的节日了。这些短信，很多都包含着幽默的成分，但其中夹杂着岁月流逝的些许无奈。

人是怀旧的动物，对于逝去的一切美好的事物总希望能再回到从前，特别是天真无邪的童年时代。快乐、单纯、纯粹，简单就是幸福！许多人上了年纪后喜欢被人称作“老顽童”，无非也是因为他拥有一颗童心，撇开了生活中的恩恩怨怨，不再为名利所牵扯，回归自我本真，活得简单了，自然就开心快乐了。

人到中年，要操心的事多，工作中的、家庭中的，烦恼事不少，很难活得洒脱。其实这也是应该的，因为这个年龄段，要承担的责任最多，要尽的义务最多。

尽管我们已经没有权利再享受儿童的一切，但希望我们还能在生活中拥有一颗童心，哪怕是片刻也好。

独　　处

一个人静静地独处，其实蛮惬意的。

没有了外界的打扰，点一支烟，泡一杯茶，可以让自己气定神闲，随自己的意愿神游。

独处时，自己才是自己的主人，可以细细体味自己对人生和生活的感悟，对一些烦心的人和事进行冷静的思考与交代，对自身进行客观的分析和考察。原来，自省是要独处时才能进行的。

独处时，让自己远离喧嚣的都市带给人的刺激与诱惑，使自己变得理智和成熟。无须戴着假面具生活，敞开自己的心灵让自己正视自己的本来面目。原来，修身养性也需要独处才有效果。

独处时，会发现自己原来并不害怕孤独。承受孤独本就是适应生活的一种能力。这种能力是必不可少的，因为你不可能总是活在别人的怀抱中。原来，独处就是生存的一种本领。

独处，可以为自己找到一方净土，可以对自我有深邃的思考和体验，让自己的生活更有一份深度。当然，独处必须有耐得住寂寞的定力。

没什么大不了的

最近看了两个事例，印象特别深刻。

克缇集团董事长陈武刚，在50岁时公司破产倒闭，自己除了家庭一无所有。但他没有沉沦，重新开始创业，艰难可想而知。他对自己说："没什么大不了的。"他依旧每天穿戴整齐，夹着公文包，给人的感觉依旧是个总经理，给自己的感觉同样是总经理。即使，总经理领导的人只有他自己。最终，顽强的意志给50岁的创业者带来了转机，其品牌随后畅销中国。

美国通用在霸占全球市场七十多年之后，终于被日本的丰田打败了。全球的汽车制造商来到丰田总部参观，企图在日本丰田中找到制胜良方。丰田老总说，"没什么大不了的"，你们可以随便看，技术可以学得去，机器可以学得去，日本工人的精神学不去。

"没什么大不了的"，很朴实的一句话，但其中蕴含的人生哲理却相当深刻。

"人生不如意事十之八九。"人一辈子难免磕磕碰碰。逆境中，人需要有一种精神支撑，要知道天塌不下来，即使真塌下来也有地接着啊。因此，不如意时，如果你被打败，打败你的一定不是别人，只能是你自己。身处逆境，请你试着对自己说："没什么大不了的！"逆境才更显你英雄本色。

人生就是一段旅程

人生就是一段旅程。

旅程的起点是你呱呱坠地的一刻，你毫无选择。但人生的终点你是可以选择的，你要走向哪里全取决于你。

有的人，在旅程中太关注于终点目的地，行色匆匆，失去了旅程中的乐趣；有的人，在旅程中随意变更目的地，自己都不知道要往哪里去，稀里糊涂，失去了旅程的意义。

其实，人生旅程既要执著于终极目标，又要懂得享受旅程中的乐趣。沿途的人、事、物都是人生旅程中的风景，不管是优美的，还是丑陋的，都要学会欣赏，品味其中的喜怒哀乐。旅程中的所有经历，都是你人生的宝贵财富。

明确了自己人生旅程的目的地，你就不会因旅途风景的优美或环境的险恶而止步不前，始终要记得你从哪里来将往何处去。

愿我们豁达一点，敞开胸怀，迎接旅程中的一切未知因素，走完这人生之旅！

诚　　信

诚信，就是实事求是，言行一致，表里如一，诚实守信。人无信则不立，诚信本是人之根基。

国人自古就十分崇尚诚信。“三杯吐然诺，五岳倒为轻。”（李白《侠客行》）尽管这是李白用来歌颂侠客品行的，但对庶民何尝不是这样要求的。

随着市场经济大潮的冲击，国人诚信缺失的问题已到了比较严重的地步。国家已一再呼吁要构建诚信体系，建设诚信社会。我觉得十分悲哀，因为诚信已经到了需要外力来维持的境况，而诚信本应是人内在的道德自律要求。

由于诚信的缺失，所以才会出现许多奇怪的事情。如学生参加考试要签订诚信考试书，教师职称评定、科研项目申报、科研成果获奖等要进行诚信申明，开店做生意要签订诚信经营承诺书……好像满大街都是骗子了，人与人之间应该具有的信任已经荡然无存了。其实，我觉得这是十分可笑的，人的诚信如果仅靠这一张承诺的白纸来维系，这会是多么地脆弱啊！

说实在的，没人不知道诚信之于个人、民族、国家的重要性。早上，在教学楼卫生间内，发现一个包过英语三、四、六级等级考试的非法小广告，这上面就有“承诺”：“以诚信为本，用实力说话。”连骗子都在讲诚信，我只能哑然失笑了。

我觉得，诚信缺失的问题之所以越来越严重，主要是因为缺乏社会约束的机制。世风日下，诚信已完全不能通过道德自律来实现的情况下，确实需要一定的制约机制，这既是对诚信缺失者的惩罚，又是对自觉诚信者的公平。试想，在一个不必为失去诚信付出代价的社会，发生什么样的怪事都不值得奇怪！

智慧来自生活

平时我们总会将智慧与受教育程度画等号，以为一个人受的教育程度越高，其智慧一定更高。其实，我觉得智慧来自生活。不用说伟人从日常生活中就能获得解决问题的法宝，如牛顿被苹果砸脑袋而发现地心引力，瓦特看见水开壶盖动而发明了蒸汽机……那离我们太远。就说说现实生活中平常人的智慧吧！如一堂经济课上，老师要学生回答“投资”与“投机”的区别，一个学生脱口而出：“一个是普通话，一个是广东话。”从语言的发音和内涵上做了绝妙的回答。再如一个女生晚上路遇醉鬼非礼，女生主动把裙子撩起，醉鬼立即把裤子脱下……女生回到宿舍告诉室友，室友惊问结果，答曰：“一个把裙子撩起来的女生，一定比一个把裤子脱下去的男人跑得快！”这就是生活的智慧！

智慧来自平时生活中一点一滴的积累。知识可以来自书本或别人的传授，而智慧只能靠你自己经验的积累。只要你有慧眼、存慧心，生活中你经历的一切都能为你提供智慧的源泉。如此，你才会有处事不惊、随机应变的能力。

有 的 人

有的人，将大把大把的赞美之词抛给你，却丝毫激不起你内心的半点涟漪；有的人，轻轻一声问候，却能令你激动很久。

有的人，毫不留情地在你心上捅上一刀，却以为你只是伤了皮毛；有的人，稍不留意对你说重了话，却会自责伤到了你的心。

有的人，自己满身缺点，却容不得你说他半句；有的人，放低自己的身段，却总能发现你身上不为人知的优点。

有的人，放纵自己，却对你有太多要求；有的人，严于律己，却总能宽容地对待你。

有的人，自己要活得自在，却不让你活得自在；有的人，自己活得很辛苦，却总是希望你能活得很开心。

有的人，活着时，你已经把他给忘了；有的人，不在了，你却永远怀念他。

教育应该回归本位

教育本应是快乐的。教育的本质是育人，即通过教育，让人学会做人，学会做好人，做文明人，做对社会有用的人。

反观现实，目前的中国教育是极端功利的。表现在，家长希望通过教育让子女出人头地，望子成龙、望女成凤的思想统领家长的一切教育行为；学校则为自己的地位、名利而战，注重升学率和学校的排名；社会上凡是与教育相关的机构组织，则把教育当作产业来抓，借教育之名捞取钱财，各种教辅资料充斥书店，各种辅导班层出不穷。功利，导致教育极端痛苦。学生、家长、学校及社会，在教育这件事上，哪一个轻松得了？

可见，目前中国的教育病得不轻，教育早已面目全非。有人对此做了十分精到的分析：早期教育混乱，小学教育死板，中学教育沉重，大学教育迷茫，这是当前中国教育实践中表现出来的主要病症。教育观念狭隘，教育认识表浅，教育行为功利，教育管理泛滥，这是当前中国教育的病根。

这种功利性教育的结果是，抹杀了学生的个性差异，“因材施教”成了一句空话，最终培养出来的一些大学生连基本的生存需求都无法满足。因此，把一个只适合做木匠的人培养成博士，和把一个只适合读博士的人培养成木匠，都是教育的失败。但可悲的是，家长都认为自己的孩子天生是读博士的料，学校都认为自己具有培养博士的水平，社会都认为博士才是最需要的人才。因此，什么时候，中国的教育能够把一个只适合做木匠的人培养成一个好木匠，把一个只适合读博士的人培养成一个好博士，中国的教育才能回归本位，才有希望！

感　　悟

最远的距离是心与心之间的距离。明明我在你身边，你却视而不见，形同陌路。

最难忘的是曾经的拥有。当你再想拥有时，你发现一切都已成过眼云烟。

最痛苦的莫过于思念。将思念默默收藏于心，让自己的心来咀嚼，却又不能为外人道。

最大的敌人是自己。战胜外面的敌人容易，战胜自己很难。

最大的勇气是承认自己的错误。一个自以为是的人，要否定自己，不容易。

最宝贵的是尊严。你可以一无所有，但不能没有尊严。

最大的烦恼是欲望。无法实现的欲望是烦恼产生的根源，你欲望越多，烦恼就越多。

最大的美德是宽容。当然，宽容自己不意味着放纵自己，宽容别人不等于放弃原则。

有　些　事

人这一辈子不知要经历多少事，但对这些事你反思过多少。

有些事你日思夜想了多少回，却一直没机会去做，终于等到有机会了，你却已经没有了做的兴致；有些事一直都有很多机会可以做，你却总以为有的是机会去做，等到有一天你想去做时，却发现早已经没有了机会。

有些事稍不留神错过了，你很可能就失去了一次人生重要的机遇；有些事毫不犹豫地抓住了，你的人生可能就因此改变。

有些事要懂得放弃，如果死抱不放，对你也许就是一种伤害；有些事要毫不动摇地坚持，如果放弃，对你很有可能是一种莫大的损失。

有些事要放弃了你才觉得可惜，有些事要经历了你才明白它的意义；有些事需要晓谕天下，有些事只能永远埋藏在心里。

有些事合情不合理，有些事合理不合法，有些事合法不合众，如何处置这些事，确实需要依赖你的智慧。

做一个思想者

经典的教科书告诉我们，人和动物的区别是能否制造和使用工具。但英国女科学家珍妮·古道尔在肯尼亚观察研究野生黑猩猩时发现，黑猩猩能把树枝弄直了挖白蚁吃，可见某些动物也是能够学会制造和使用简单工具的。也有人说思维是人和动物的区别，但这也受到了质疑。早在20世纪70年代美国动物学家唐纳德·格里芬教授研究后证实，动物具有一定的思考问题的能力。因此，只有思想才是人类区别于动物的唯一分界线。

思想对于人类的重要性，可用一句话来概括——“一个没有思想的人无疑是一具行尸走肉”。因此，我们才十分强调，人之所以为人，必须具有独立思考问题和事物的能力。思想者都具有独立的人格，他们为了维护这种至高无上的人格尊严，不人云亦云，不趋炎附势，凡事都有自己的主见，哪怕为此付出惨重的代价也在所不惜。

每个时代都会有一些杰出的思想家，他们是一个时代精神世界的引领者。但我们是凡人，我们只有怀着崇敬的心情去仰慕的份。我们做不了一个时代的思想家，但完全可以做一个生活的思想者，让自己的灵魂更加充实。而要做一个思想者，首先必须从不盲从开始。

有 时 候

人讲功利无可厚非，社会往往会以成败论英雄。因此，有的人往往十分注重结果而忽略过程，为达目的而不择手段。但有时候，我们实在是不应该太在意于目的的实现，关键是在达到目的的过程中你是否努力过，是否因此伤害到了别人。过程可能比结果更重要，过程本身可能更值得回味。

人都是有理性的，只要具备独立思考的头脑，对人对事就会有自己的判断。但有时候，太过清醒也未必是件好事，该糊涂时还得糊涂，糊涂可能就是大聪明。

人有记忆就会念旧，有时候可能会执著于已经逝去的一切而烦恼，但生命需要延续，我们只能不断地向前看。

人有得失心也很正常，但不能太看重。有时候实在没有必要太伤感于失去的，塞翁失马，焉知非福。

人要宽容，有时候不能对不顺心的人和事耿耿于怀，必须有容乃大，淡然处之。

人会向往富有激情的生活，但作为平常人，你就得有一辈子过平淡生活的心理准备。因此，我们不能总是抱怨生活平淡无趣，平淡才是生活的本来面目，有时候简单就是幸福。

人要学会珍惜和放弃，珍惜该珍惜的，放弃该放弃的。随遇而安，知足常乐。

成功者和失败者

成功者总是令人羡慕，当然也不乏遭到某些人的嫉妒。因为成功，所以会给予他许多荣耀，人都喜欢做锦上添花的事。

失败者总是令人同情，当然也不乏遭到某些人的嘲笑。因为失败，所以会给予他更多的磨难，落井下石的人也还是有的。

成功者不能沾沾自喜，更不能嘲讽失败者，否则这次的成功很可能就是你下次失败的开始。

失败者不能灰心丧气，更不能自暴自弃，否则这次的失败很可能就是你一生无缘成功的终结。

成功者需要不断总结自身成功的经验，同时要分析他人失败的教训，才能封闭失败之门，从成功走向进一步的成功。

失败者需要不断总结自身失败的教训，同时要虚心学习他人成功的经验，才能开启成功之门，从失败走向成功。

成功和失败，都是财富。事实上，人不可能永远享受成功的喜悦，也不可能永远不品尝失败的苦果。人生最大的成功是敢于经历失败，敢于从头再来；人生最大的失败是不敢面对失败，一次跌到，永远爬不起来。

假面时代

网络时代，许多人已习惯于通过PS软件精心修饰自己的照片并上传网络，网友称之为假面时代。其实，我觉得假面时代并不是一个因现代科技发展才产生的特有时代，而是人性使然，古已有之。人在这个复杂社会中为了谋生存求发展，都会自觉不自觉地戴着面具生活。想想，你有没有戴过面具，有没有戴着面具生活。

戴上面具生活，无非是不想让别人看到你真实的面目。但戴上面具的目的有极大的不同。商人在官员面前装孙子无非是为了谋求经济利益，贪官在人民面前装清廉无非是既想做婊子又想立牌坊，而在身患绝症的亲人面前强颜欢笑无非是为了宽慰亲人……尽管目的各不相同，但戴上面具生活是需要有一定技巧的，否则就达不到目的。

戴上面具生活并不可怕，只要你不因此而伤害国家、民族和他人的利益就行。特别是作为无权无势的小民，戴上面具更多的是一种出于被迫的权威下的自我保护。比如，对他厌恶的领导假装充满敬意，对他反对的指示假装表示赞同……哪怕为此伤害了自己的人格尊严，也是可以理解的。

说真的，对绝大多数人而言，面具生活肯定不是你真心想过的生活。因为，戴着面具生活，真正的痛苦在于无法真正面对自己的心灵。因此，如果能够不过面具生活，那就过自己真实的生活吧！有一个段子很能说明这一点：领导照例说了个不可乐的笑话，大家照例哈哈大笑，唯有王工一人不笑。领导奇怪：“你干吗不笑?”王工冷冷道：“我明天就退休了，干吗还要笑?!”

假面时代不可怕，最可怕的是等大家装来装去都装不下去的时候，我们还能怎么办?

关心则乱

常言说，“事不关己，高高挂起。”我想，这时人们对于这些事情要么想都懒得想，要么对这些事情一定会有比较冷静客观的分析和思考。但一旦事关自己时，则会因关心过度，导致在处理事情时方寸大乱，头脑短路，不能进行正常的思考，甚至变得优柔寡断，没了主意。“为医者，医人而不自医”，就是很好的例证。

关心则乱的主要原因，是“不识庐山真面目，只缘身在此山中”。因此，如何处理这些关心则乱的事情，关键在于换位思考，从旁观者的角度去看待自己的这些事情，这样可以避免自身作为当局者容易犯的错误，从而有可能得出理性的分析结论。

当然，话又说回来，所谓的“旁观者清，当局者迷”，这些旁观者最好是曾经经历过类似的事情，并有过切身感受。如果是从没有亲身经历过这些事情，那么他们是不太可能真正体会作为当事人在其中的深刻感受，即使提出处理这些事情的意见或者建议，也是很难取得当事人的认同。

不过，作为当事人，在处理这些烦心事情且难以决断时，冷静一下，听听旁人的分析，再做冷静的思考，还是会有所帮助的。当事人的心态极其重要。

看不顺眼

生活中，难免会碰到看不顺眼的人和事，这种人和事就摆在你面前，要回避是绝对不可能的。因此，首先让我们用平和的心态来接受这个现实，切不可情绪化处理作出不当的行为。否则，你也有可能成为别人眼中看不顺眼的人，认为你也是那种缺少修养的人，那就有违你自己的初衷了。

处理看不顺眼的人和事，关键是要控制好自己的情绪。人一有情绪，特别是有强烈的情绪时，往往会失去应有的理智，从而导致处理不当，这不仅于事无补，还会使矛盾激化，他虽然为此付出了代价，但相信你未必会有快乐的感受。

一个能控制自己情绪的人，才是值得称道的人！以自己的心胸坦荡、宽容大度去处理这些看不顺眼的人和事，真正做到：能容不顺耳的话，能容不顺心的事，更能容不顺眼的人。

半糖主义

“半糖主义”这个说法的流行多半与S.H.E的同名歌曲有关。半糖主义本指一种爱的方式，正如歌里唱的：“我要对爱坚持半糖主义，永远让你觉得意犹未尽，若有似无的甜才不会觉得腻；我要对爱坚持半糖主义，真心不用天天黏在一起，爱得来不易，要留一点空隙，彼此才能呼吸……”后演化为一种同城分居的婚姻方式，即两个人婚后并不完全生活在一起，而是过着“5+2”的生活——五个工作日各自单过，周末两天才与“另一半”相聚。在大量未婚者轰轰烈烈热衷于同居的时代，一些已婚者却选择了婚内分居的生活方式，以期为爱情保鲜，这实在是一种十分有趣的现象。在此，我不想对这种方式的好坏加以评论，因为生活方式本是多元化的，只要双方认同这种方式就无可厚非。

我想说的是，半糖主义作为一种生活方式并不仅仅局限于爱情婚姻方面，而是普遍适用于生活的各个层面。它的内涵，其实就是要把握好生活中的度，不过分，刚刚好。这也就很好地体现了中庸之道的精髓，即“不为拘泥，不为偏激，寻求适度、适当”。例如，用半糖主义的生活方式去处理人际关系，则要求人与人之间的交往，既不能过于疏远，又不能过于亲密，要疏密有度；又如，对于事业的追求，既要顽强拼搏，努力争取，又要不急功近利，刻意强求。

“半糖主义”，也许就是我们所追求的幸福生活的一种最直观的表达：甜而不腻，意犹未尽。

生活需要机智

每个人都希望生活快乐，但人生快乐与否，实在与智力无关，而与以智慧为基础的机智有关。智力是天生的，但智慧是可以从生活中修炼得来的。正如古罗马著名哲学家西塞罗所言：“光有智慧是不够的，还要善于运用它。”一个人有多大的机智，实在是可以从生活中的一点一滴体现出来的。有智慧的人往往能在生活中做到头脑灵活，可以随机应变。这种熟练运用智慧的能力可以称之为机智。

例如，有两个观光团到伊豆半岛旅游，路况很坏，到处都是坑。一位导游连声抱歉，说路面简直像麻子一样。另一位导游诗意盎然地对游客说：“诸位先生女士，我们现在走的这条道路，正是赫赫有名的炼姑匀酒窝大道。”

如此，既可避免游客的抱怨，又能增加游客的兴趣。相信游客和导游都会有愉悦的心情。可见，同样的情况，处理的不同，会产生截然不同的效果。这就是机智最好的注解。

拉大旗作虎皮

隔三差五收到打着教育部旗帜的各种学会、机构的电话和邮件，通知我参加名目繁多的会议培训。会议培训是假，公费旅游是实，我是不予理睬。开始时，我还不好意思直接拒绝接听电话，待他们喋喋不休唠叨完，然后找个借口回了。但次数一多，我不胜其烦，有时干脆一听他们开始啰唆就直接挂电话了事。

不过，既然这种事情能经常发生，背后必然有其存在的“合理性”。一是打教育部旗号能提高其骗人的可信度，倘若有畏官者，必会掂量一下是否有参加的必要；二是迎合一部分热衷于公费旅游的消费群体。如此，这种丑恶行径才屡禁不止。

2011年12月19日，四川省南充市嘉陵区工商局执法人员在巡查时发现，某超市为庆贺开业一周年，在超市门口上方及超市一侧的外墙上，悬挂了60个贺幅，其中嘉陵区工商局、嘉陵区招商局、嘉陵区城市建设管理局3个国家机关赫然在列。在调查过程中，该超市负责人承认，为吸引公众眼球，提高超市的知名度，抱着侥幸心理，擅自于12月14日以每幅70元的价格委托与其长期合作的某广告部制作了这3个贺幅，并于当日开始悬挂。嘉陵区工商局根据《中华人民共和国广告法》的有关规定，对超市做出了相应的处罚。

要彻底杜绝这种现象，最重要的是在全社会要砸碎“权力崇拜”的思想观念，加强制度建设，依法依章行事，让那些拉大旗作虎皮者没了招摇撞骗的市场，让他们成为过街老鼠，人人喊打，最终使他们无旗可拉，无皮可扛！

旅游与购物

除了纯粹的购物游，一般的旅游都会与购物挂上钩，而购物的场所一般是旅游定点商店，区别仅在于是你自愿购物还是强制购物而已，但它们大多都是宰客的地方，里面的商品比当地其他普通商店贵三四倍甚至更多。

好多游客在购物时，除了强制购物，虽说不上疯狂，但都会热情高涨，热情高涨的程度与导游和商店的忽悠水平一般成正比。好多游客的消费都是冲动型的，即原来根本没有想过要购买商品，只是在别人的鼓动下临时决定购买的。回家看看你家里是不是存有很多旅游时购买的杂七杂八的东西，基本上搁在哪个角落里睡大觉，甚至你早已经把它们忘得干干净净了。

出门旅游，我个人对于购物不是很热衷的，因为旅游的主要目的是欣赏风光，不能把购物当成是主要目的，否则就本末倒置了。当然适当购点当地的特色商品也是可以的，带回去馈赠亲友也很不错。

即使要购物，我个人觉得一定要冷静。进了购物商店，里面摆满了各种包装精美的商品，让你眼花缭乱，这时一定不要头脑发热，以为比你自己家乡的便宜，觉得只要买了就是占了便宜，而要想想当地这种商品的价格才值多少钱。否则这种购物就只剩下花钱本身的乐趣，除非你是有钱的大爷，另当别论。

我个人觉得一定要做到旅游购物理性消费，否则你花了大把的冤枉钱，别人在背后笑呵呵数钱的同时说不定会感觉你们太好宰了，而且宰得你们很开心。因此，出门旅游前，先要想好购买哪些你认为必需购买的东西，不是你想要买的东西哪怕再便宜也不要买，因为临时决定购买的这些东西往往都是冲动消费的，对你来说往往不具有意义。另外，不懂的东西千万别买，如珠宝、药材等，因为你对它们的品质一点都不懂，完全是商店说了算。不要迷信什么证书，你不知道那颁发证书的是什么样的机构。进购物点时，里面的工作人员往往会花上一定的时间向你介绍里面的商品，这时你一定要注意工作人员向你强力推介的商品，那一定是他们利润最大的东西，之所以在成千上万的商品中介绍这一种或几种，就是因为这是他们主要的利润所在。

买你想买的，可买可不买的就不要买，能在当地超市买的就到超市去买。旅游定点商店可是为你们游客专门准备的呵，还是去体会一下当地百姓的购物场所，那才能体会当地百姓的真正生活。

大事化小

前些日子去新加坡、马来西亚旅游，马来西亚的导游特能侃。他大侃国家的政治、经济、文化、种族等，使你不能不佩服他的口才和见识。但我倒是对他不经意间调侃的一句话印象很深，他说："家里大事我做主，小事太太做主，但家里有大事时我总是大事化小，交给太太处理。"当时大家听了都哈哈一笑，笑过之后，我觉得这实在是一种为人处世的良方。

平时我们常说大事化小，小事化了，这有时是作为贬义使用的。但我认为，只要这个大事不是违法乱纪的事，何不看开一点，把这个大事化小了，天也塌不下来。大事化小，实际上也就是把复杂问题进行简单化处理，这应该是一种解决问题的好方法，而且能显现出你为人处世的一种气度。

"罚国"的启示

昨天晚上开车回来，一路上对面汽车的大灯晃得我看不清前面的路，即使提示对面车辆注意更改灯光，但谁也不理我。回想前段日子交警夜间抓车辆灯光违规使用，抓住了就扣分罚款，情况大有改观。可一旦交警不查了，才好了没几天，就恢复原样了。这就令我不由得怀念起新加坡来。

初到新加坡，当地导游就一再给我们提醒要注意的事项，其中不少是一违规就要处罚的，且一罚款就是重罚，起码在500新加坡元（约人民币2500元）。新加坡是名副其实的"罚国"。因而，对于自由散漫惯了的国人来说，平时国内司空见惯的随时吸烟、扔杂物、随地吐痰、乱穿马路等等，到了新加坡就要打起十二分的精神。尽管真正被罚的不多，但心理压力会很大，也就会十分注意自己的行为举止。这就是重罚的效果。

看看我们国内，也有许多罚款的规定，但往往是不痛不痒的，对罚的人来说根本算不了什么，长不了记性。如绍兴市区行人乱闯红灯，罚款20元，许多人根本不当回事，但如果是罚款2000元，看谁还敢闯。重罚之下罕有勇夫，看看现在有胆量酒驾的人还有几个。

国内有些社会顽疾经常是治了再犯，犯了再治，反反复复，效果不佳。这除了客观原因外，是否惩罚的力度不够？是否还与缺少真抓实干的长效机制有关？

生命真的很脆弱

曾经死亡离我们的意识如此之远，谁也不曾认真考虑过它。但最近接连有同事的小叔子和公公分别因车祸、突发性疾病去世，一个还很年轻，对此，我不能不感叹生命是如此脆弱，简直是不堪一击。一次意外的灾难，一个不起眼的病痛，乃至于一次醉酒，都有可能将你宝贵的生命碾得粉碎。曾经在你周围的大活人，转瞬之间就有可能阴阳两隔。生命是如此短暂而脆弱，从这个角度来说，人也就没有什么不可以看开的，也没有什么可以值得骄傲的。不管你的一生是贫是富，是贵是贱，都仅仅是在人世间走一回而已。因此，我们实在是要注重当下的生活，谁也不知道明天会怎样，执著于过去也没太大的意义。这听起来有点消极悲观，但事实确实如此。

我们对逝去的生命会感到惋惜和痛心，但我们更要懂得珍惜现今鲜活的生命，好好活着比什么都强，如果能活得有意义更好，因为生命只有一次，而且它是很脆弱的！

身边的景色

人们总以为遥远的地方景色最美丽，所以我们才会对各地所谓的名胜古迹趋之若鹜，为此花钱在所不惜。结果到了景区，游人摩肩接踵，人山人海，连看个风景都要抢地儿，往往是拍张照片就了事，不容你细细品味。特别是在节假日，这种现象特普遍。

其实，我们常常忽略了自己身边的风景。据说有这样一句名言，叫“熟悉的地方没风景”，这实在有点过了。长年累月生活的地方不是没有“风景”的，关键在于你自己的内心如何体验，最美的景色就在你内心。不同的心情，对同样的景色会有完全不同的感受。这景色可能是名山秀水，也可能是你身边的一草一木。所以说，面对自己身边的种种风景，学会放飞自己的心情，就有可能看到最美的景色。

酒品与人品

我是好酒之人，每天不喝一点浑身就不自在。酒桌上，我属于那种不用主人劝酒就会自斟自饮之辈，但除极少数场合之外，一般还是能控制酒量，以不醉为原则。据说，酒品如人品。丁文方教授在长篇历史小说《左宝贵》中，有一段关于酒品与人品的精彩论述：能饮者不饮醉，劝他人饮而不希望他人醉者，既能为友也能委以重任；不能饮者，一劝就饮，并一饮就醉者，只能为友而不能委以重任；能饮者假装不能饮，专门劝他人饮，并非把别人灌醉方休者，既不能为友也不能委以重任。研究了半天，我也不能把自己对上号。

看看酒桌上，各色人等，对于酒的态度颇为不同。有的人不用让也不用劝，酒到就干，豪爽之极；有的人喜欢小口品味，浅尝慢饮，从容不迫；有的人则喜欢搞小动作，总希望别人多喝点，自己少喝点，想尽办法灌别人酒，以灌醉别人为乐。

将酒品与人品绝对画上等号，未免过于极端。特别是仅仅通过一两次酒宴聚会，就对他的人品下定论，更不可取。但一个人在酒桌上的表现，还是多多少少能折射出一个人的人品。如一个工于心计的人，不见得有时不会狂喝一气，但你不能断定他是豪爽之人；一个生性豪爽的人，你想不让他喝得尽兴，那是十分困难的事，这就是秉性使然。

缘　　说

缘，一个十分神秘且不可捉摸的东西。平时有许多关于缘的说法，如“有缘千里来相会，无缘对面不相识”，“缘来牵手，缘散放手”。但到底什么是缘呢？不同的人自会有不同的理解。下面是一段曾经流行的说法：

有人不明白缘为何物，就去问隐士。隐士想了一会儿说：“缘是命，命是缘。”此人听得糊涂，去问高僧。高僧说：“缘是前生的修炼。”这人不解自己的前生如何，就问佛祖。佛不语，用手指指天边的云。这人看去，云起云落，随风东西，于是顿悟：缘是不可求的，缘如风，风不定，云聚是缘，云散也是缘。

如此推断，“缘即如风，来也是缘，去也是缘”，“已得是缘，未得亦是缘”。我们平时经常安慰自己或别人的一句话，叫“缘分还没来，来了一切就都好了”。缘可遇而不可求，很多人相信“缘分天注定”，这实在是一剂自我安慰的良药。可见世上有很多事可以求，唯缘分难求。如此一说，是不是让你在不顺心时会好受些呢？

佛家云：世间万物皆因因缘合而生，因缘聚则物在，因缘散则物灭。将世间万事万物存灭的根源归结为缘分，如此对于人世间的一切，不管是公平还是不公平的，似乎也只能认命，并试着慢慢接受这个命运的安排。告诫人们，不论是良缘还是孽缘，你都不要执著。

但你真的能认命乎？王侯将相宁有种乎？

功利性学习

现代社会竞争激烈残酷，急功近利心态十分严重。学习的功利意识在校园也越来越盛行。中学教育以升学为目的，中学生除了应试科目以外，已经很少去读一些提高自身素养的课外书；而当他们考入大学后，这些大学生又以谋求理想职业为学习的主要目的，相反，倒是小学教育好些。

功利性学习的表现是，学生热衷于各种考证考级，将大量的时间花在这上面，对于自己兴趣不大的课程，特别是非专业类课程，往往是能过关就行。其后果是，把学习与自己的就业竞争挂钩，从而导致大学生的知识面越来越窄，单纯为求知而学习的人已稀少，其学习目的完全局限于拿到文凭和找一个称心的工作。

当然，要单纯责怪大学生的功利性学习，也不够客观。因为，家长为子女的教育投入实在很大，作为子女当然希望找一个理想的职业予以回报。大学生自己当然十分希望毕业后能有良好的生存环境和充足的发展空间。

但问题是，一旦这种带有功利性的学习席卷校园，必然会带来一系列的问题，如高校的师资配备、教学资源的配置等，最主要的问题是会把高等教育简单地变成职业教育。那将是高等教育的悲哀。

其实在当今知识爆炸的时代，大学生纯粹为了职业的需要而学习，也不见得十分有效。说不定你在学校学的职业知识等你走向社会之时已经过时了。因此，必须以积累知识提高自身素养为目的进行学习，明确真正的学习目的与价值内涵，脚踏实地，使自己具有扎实的基础和受益终身的学习能力，这样无论今后从事什么职业，都会受用无穷。

写作本应是件愉快的事

儿子都上高三了，但作文依旧没什么长进。小学时作文还好，有几篇上了报纸甚至还有的编入相关的作文集。但后来他写的文章我是越来越不要看了，满篇都是胡编乱造的东西。也许从文章结构及语言表达看没什么大问题，但缺少的是真情实感，一点生命力也没有。作文对于他而言已经是一件痛苦的事。

本来写作是一件很愉快的事。我手写我心。有话则长，无话则短，只要意思表达清楚就行了。但如果将写作当成是一种负担的话，就是一件痛苦不堪的事。本来没什么好写的，却偏偏要挤出些许文字来凑数，个中滋味自然不好受。

写作不够理想，我儿子自身当然难辞其咎。为了应付高考，他基本上不看什么课外书，肚里无货，自然下笔呆滞，真有点担心他怎么去应付明年的高考作文。现在的家长往往会给子女买许多作文书，希望为子女写作能力的提高助一臂之力。但写作能力的提高，实在不是读多少本作文书就能解决的。一定要多写多练，注重课外的阅读量。"文外功夫"的重要性远胜"文内功夫"，没有"文外功夫"的积累，要写好文章是一件不太可能的事。

希望能将作文教学回归本位，即教会学生能够运用文字来交流信息、发表看法、抒发情感，而不是将作文教学变成应试教学。其实，我们能够熟练运用文字，畅快地表达自己的思想观点，抒发自己的情怀，本应是件愉快的事。

小男孩荒唐事件的背后

早上开车去办事，路上听电台报道：11岁的小学生豆豆和10岁的依依在聊天过程中，经豆豆一再劝诱，依依便与对方裸聊。二人聊天快结束时，豆豆突然提出要求："马上给我充100 Q币，否则将裸照在网上公开。"依依当时没理会，但晚上打开QQ群，自己的3张裸照已经发布在她班级QQ群。再看豆豆的腾讯微博，也有1张自己的裸照。

初次听到这种事，我首先感到的是震惊，震惊之余是悲哀。

震惊的是，居然这种事会发生在小孩子身上，其手法可与成年骗子相媲美。真不知道小小年纪是怎么染上这种恶习的。幸亏发现得早，否则这孩子长大了怎么得了。不过透过这件事的背后，我更觉得可悲。因为从报道中得知，两个孩子的父亲都常年在外，留守母亲不是很有文化，对孩子上网究竟干啥并不知晓，家庭教育存在的缺失当然难辞其咎。不过，话说回来，此事如果单纯地将责任归罪于家长显然有失公允，真正的根源在于网络监管的缺失。在当今网络时代，不让孩子接触网络是不现实的，但网络中的海量信息鱼龙混杂，充斥着大量的色情、暴力等有害信息，连许多成年人都抵挡不了诱惑，更何况这些缺乏辨别能力的小孩。其实，网络对孩子存在的不良影响，我们早已有所认识，并采取过一些措施。如中国电信就推出过绿色上网业务，但作为一项收费业务，其发挥的作用必定受到限制。因此，更需要国家有关部门加大对网络的监管力度，净化网络信息，为我们的孩子创造一个良好的网络环境。

眼见未必为实

对于事件真相的探求，我们说得最多的是“耳听为虚，眼见为实”。人们往往对道听途说的事物保持一定的警觉，而对自己亲眼所见则表现出莫大自信。有时过于相信自己的眼睛，往往出错。

的确，眼睛作为视觉器官，一般说，它忠实地反映着客观世界的一切。但它的观察能力即对外界事物的感知能力并不能达到极致。最能验证的例子就是魔术。我们都知道魔术是障眼法，但我们看到不可思议的事情“真”的发生了。更何况，有时人的精神高度紧张和恐惧，或是人的某些器官发生损伤，会出现幻视的现象。

因此，日常生活中，我们还是要对自己的亲眼所见存一丝警觉，特别是在那些不可思议的事情面前。例如，不少贪官污吏在位时政绩斐然，的确为老百姓们办过一些好事、实事，在人们心目中一直保持着清正廉洁的形象，但一旦剥下他们的画皮，我们才知道自己多么容易就被蒙骗了。

尽管不能说，尽信眼不如无眼，但确实有时要对我们的眼见打个问号！

男人的活法

这世界对男人其实并不公平。男人好像天生就要承担太多的责任和义务，你还找不到充足的理由来推卸，因而男人比女人活得更累。

男人活得累，主要是因为无论是社会还是女人都要求男人“活得像个男人”。你是男人，你就得像个男人的样子。你要想象自己能扛起整个世界，这世界没有什么能难得住你的，哪怕事实上你并不能担当那么多，但也只有硬着头皮上。女人骂男人最厉害的或者最伤男人自尊的是——“你不像个男人”。相信绝大多数男人不能担此骂名。因此，男人可以流血，不能流泪，可以站着死，不能跪着活。

如此，男人要“活得像个男人”，就得按照社会给你框定的模式去活：男人要有自信，不管面临多大的困难，你都要保持充分的自信心，如果没有了自信，你也就丧失了男人味；男人要有事业心，即使事业并不成功，你也要有足够的事业心，如果丧失了事业心，你也就成了婆婆妈妈的一分子；男人要有气度，像不像男人，看你的气度有多大，气量小可是说女人的（尽管这对女人并不公平）；男人要有原则，为人处世有自己坚定不移的法则，有自己的底线，一诺千金，才能给人以稳重可靠的感觉。

男人活得累，但要活得有风度，而且活得有尊严。这才是男人的活法。

话该怎么说

据说，当年一个年轻人跟苏格拉底学说话。临毕业时，苏格拉底向他要了双倍学费。年轻人很奇怪，问：“老师，我为什么要出双倍学费呢？”苏格拉底说：“年轻人！我不仅教给了你说什么、怎么说，还教给了你什么该说、什么不该说。”可见，人不是只要有一张嘴就会说话的，关键是该说什么和怎么说。

有时候，我们都会有这种困惑：在某些场合或情景中，不知道该如何说话才是恰当的。仔细想想，要说好话其实不容易，说话其实是一门学问。

碰到急事，人往往会心急火燎，这时一定要静下心来，慢慢说，把事情说清楚，也给听者留下你稳重的印象。

对于自己没有把握的事，一定要谨慎地说，不能用肯定的语气，这会给人以信任感、可靠感。

对于长者的事或别人的事，一般多听少传，即便要说，也要小心，不能走样，否则说不定你在无意之中就得罪了他们，给他们留下一个搬弄是非的印象。

无关紧要的小事，特别是一些善意的提醒，可以说得幽默点，使听者舒心，乐意接受意见。

自己的事，尽量不要和不相关的人说，否则会令对方难堪，听也不是，不听也不是，因为对方未必想知道你的这些事。当然，知心好友例外。

此外，说的时候，对于那些自己还没有理清楚的事情，千万不要胡说八道；对于自己根本无法践行的事情，千万不要乱承诺。

有时实在不知道该怎么说，那还有最后一招，就是干脆不要说。这时不说可能比贸然乱说妥当。沉默是金，不是没有道理的。

品味生活

生活是多元的，丰富多彩，值得细细品味咀嚼。

有的人，生活似一杯香茗。碧水中漂浮着几片嫩芽，散发出淡淡的清香，简单而雅致。

有的人，生活似一杯卡布奇诺。暖暖的，甜甜的，散发出浓郁的香味，甜中有苦，苦中有甜，细腻而丰富。

有的人，生活似一杯酒。或似白酒，辛辣却透明；或似啤酒，淡而无味；或似红酒，甜中带涩。

然而，现实是，人们往往忙于生活，忘了品味生活。当然，要品味生活，自然会有各种味道，你都得坦然受之，不得挑剔。这才是豁达的人生态度。

人生就是一个证明自己的过程

有人说，人活着就是为了证明自己没死，这纯粹是从生理角度来看待的，太简单了。

我认为，人生就是一个不断证明自己的过程。

当然，人生需要证明的内容是五花八门的。可以是物质的，也可以是精神的。从个体的角度考量，证明的内容实在不存在高下之别。然而，从社会的角度考量，则会倡导人生的社会意义，希望每个人都能为社会做点有意义的事，同时证明自己对社会而言不是一个可有可无的人。

人生需要证明的东西有很多，而且是会随着各种因素有所改变的。当一个证明完了后，又会有新的需要证明的内容出现。可以说，人的一生，就是不断变着法证明自己的过程。从某种意义上说，需要证明的内容往往就是你人生的目标。有了证明的动力，你才会不断为生活努力，就有了生活的目标，不会使生活迷惘。个别人，也许觉得自己并没有需要证明的内容，那么这人的生活一定是惘然的，活着就仅仅是活着，只是证明自己还没死而已。

接下来的问题是：证明给谁看？相信大多数人都是为了证明给自己看的，这就是人生不断进步的动力，使自己通过一次次的证明过程，来提升自己生活的勇气和信心，也是自我价值不断实现的过程。当然，不排除有人可能是专门证明给别人看的，从而获取别人廉价的赞美来满足自己的虚荣心，一旦失去别人的关注，那么这种人也就丧失了再次证明的动力，甚至会使生活变得了无趣味。最可悲的是，什么都不想证明，也不想证明什么，做一天和尚撞一天钟，这就是行尸走肉的代名词了。

今天，我们还能吃什么？

最近，长沙市工商部门又查出致癌毒辣椒。其中，长沙市雨花区高桥商贸城某门店经营的干野山椒粉二氧化硫残留量超标，干辣椒面含有罗丹明B，工商部门依法对当事人作出责令立即停止违法行为，没收不合格干野山椒粉44斤、干辣椒面39.5斤，罚款3万元，吊销营业执照的处罚。食品安全问题再次引起群众关注。

我的印象中，好像食品安全问题主要是从20世纪80年代后期开始成为社会的一大顽疾。有人在网上列出了中国55种有毒食品的清单，令人触目惊心。真不知道今天我们还能吃什么。

应该说，食品问题不是今天才有的，也不是只有中国才有。只要有不法的奸商，就一定会有食品安全问题存在。只不过，今天这个问题成为如此面广量大的普遍性社会现象，不得不反思其中的原因。我个人认为，原因会有很多，但关键的问题是违法成本太低。看看上面的案例，仅仅是没收、罚款和吊销执照而已，并没有追究刑事责任。处罚过轻，不足以震慑罪犯。

看看我国古代是如何对待食品犯罪的。如在唐朝，相关危害食品安全问题的法律极其严厉。《唐律疏议》规定："脯肉有毒，曾经病人，有余者速焚之，违者杖九十；若故与人食并出卖，令人病者，徒一年，以故致死者绞；即人自食致死者，从过失杀人法。盗而食者，不坐。"到了宋朝，此一规定仍然被采用在《宋刑统》中。在这种情形下，谁还敢实施危害食品安全的行为呢！

人生三件事

作为小民，一生经历的大小事情数不胜数，但归纳起来无非是三件事：自己的事、别人的事和老天爷的事。如何对待和处理好这些事，关乎你一生的生活状态与质量。可以说，你一生的快乐与悲伤、幸福与痛苦无不与此相关。

对于自己的事，如果自己认为值得做，那就一定要努力去做，不要太在意成败得失。因为你至少努力过了，即使不成功，也不会存在后悔的问题。对于可做可不做的事，尽量去做，成功了也许会有意外的收获，实在做不下去了，放弃了也不可惜。当然，对于不值得做的事，那就坚决放弃，不做无用功，因为人的一生毕竟短暂，将宝贵的生命浪费在这上面太不值了。

对于别人的事，能帮人家的话就帮一把，助人为快乐之本。但帮别人要有个度，如果根本帮不了，就不要乱承诺，否则会使自己的信誉受损。对于别人失败的事情，千万不要冷嘲热讽，这时视而不见说不定是最好的方法，因为最终事情的解决处理毕竟还是要靠他自己，当然如果有可行的建议不妨提提。对于别人那些鸡毛蒜皮、家长里短的琐事，最好不要掺和进去。

对于老天爷的事，因不是你能左右的，就要放宽心态去对待，千万不要因与自己的意愿相背而烦恼。听天由命，有时不失为一种调整自己心态的好方法！

女人的记忆力

今天是重阳节。老婆在QQ上问我："今天是什么日子？"我想答案肯定没这么简单，回答重阳节肯定错误。今天一定是一个什么重要的日子，而我忘记了。想来想去，试着猜是结婚的日子，居然猜对了。但接下来使我发晕的是，她说19年之前我们结婚的日子也是重阳节！上帝啊！谁还记得19年前的今天也是重阳节呢！！

看来男人的记忆力在某些方面确实不如女人。男人大多大大咧咧的，做过的事就忘记了。男人不是沉浸在过去中生活的，他需要的是不断面对新的生活，新的挑战！如果老是纠结在过去的回忆中，这男人也就成娘儿们了。但女人不同，她有着惊人的记忆力，总是记得那些男人认为早应该"忘记"的事情，并不断以此试探男人是否还记得。如果男人不记得了，她便会责怪男人这么重要的事情也忘记了，抱怨男人对她不重视了！因此，当男人与女人发生口角时，女人搬出大量婆婆妈妈的事情来，请男人千万不要大惊小怪，你除了由衷地佩服她的超强记忆力之外，任何辩解都是空洞无力的。

曾经有心理医生对此进行了解释。在人类的记忆方法中，有"事件联想记忆"和"情感联想记忆"两种。男人大都是"事件联想记忆法"，即通过事件之间的联系进行记忆，且有一定的逻辑性，如从"昨天犯了个错误店长生气了"，联想到"提起错误，顾客也有错啊"。而女人大多是"情感联想记忆法"，即通过某种情感浮想联翩想起其他事情，如通过"懊恼"想到"昨天做错事店长生气了"，而说起懊恼又想起"最近男朋友说我长胖了"，这样以个人情感为轴心不断地想起各种本不相关的事情来。

知道了这个，男人对于女人的这种超强的联想记忆能力，你除了欣赏还是欣赏，千万不能争辩，否则她的记忆闸门一打开，会扯出更多的事情出来，收都收不住！相信男人也招架不住的。

“特供”“专供”的游戏

近年来，各种打着“特供”“专供”标签的烟、酒、饮料、食品等数不胜数，据说现在要开展一场针对滥用“特供”“专供”标识的专项行动。

之所以市场上充斥着各种各样名目繁多的“特供”“专供”商品，是因为商家暴利驱使。商家假借国家机关、社会团体之名义，“定制”了许许多多的“特供”“专供”商品，不但成本低，而且有卖点，收益又高得惊人。据说一瓶普通白酒，贴上“特供”“专供”标签之后，就能在市场上卖几千元，而且还相当好卖。这也许就是商品买卖中的一种游戏吧！

这种游戏现象的背后，无非是卖被“特供”、被“专供”的单位的社会声誉。因为这些被“特供”、被“专供”的单位，要么是有权有势的国家机关单位，要么是具有相当社会知名度的社会团体，这些机关单位、社会团体在普通公众心目中有着较高的地位，认为“特供”“专供”给他们的商品那一定是相当有档次，甚至是一般百姓无法买到的。有专家分析，这些“特供”“专供”商品，“自己享用有面子，请客送礼有底气，消费接待有档次”。如此，就陷入了消费的怪圈。但事实上，这种现象的存在，恰恰说明了我们的消费不成熟。当然这背后的利益链一定是存在的。

近年来，国家一直在大力整治“三公”消费。“特供”“专供”商品用于公务接待中的数量实在不少，很有必要在这些“特供”“专供”商品上开刀！

银杏之美

周日上午，烟雨蒙蒙，开车行在前往富阳市万市镇杨家村的乡间小道上。窗外不时掠过孤单寂寞的银杏树，那一抹抹柠檬黄闪过眼前，内心竟然涌起一丝愁绪，感觉到的是一种凄凉之美。

车终于停在两株银杏树前。空旷的山谷间，它们相伴，默默无言地立在那儿，不知已经历了多少岁月。一株已是黄叶落尽，光秃秃的树干成了深秋的标记；一株虽还身披黄金甲，但山风过去，伴随着沙沙的旋律，片片凋零坠地，演绎着幽幽的离别之韵。树下满地金黄，似铺了一层厚厚的锦缎，呈现出生命凋谢后的凄美。

银杏之叶，洒落的是破碎的记忆，结束意味着重生。这不是生命的轮回吗？来年春风一拂，又是一个新的开始！

做情绪的主人

情绪和食物一样，都需要消化。食物的消化相对来说较为简单，只要运用你自身的消化系统即可，自动吸收营养，排除废物，生命才得以延续。即使消化不良，通过治疗也可解决问题。而情绪的消化难得多，它不能自动消化，需要运用自身的意志去调控。

每天，我们都会遇到各种各样的人和事，这些都会产生相应的情绪。概括起来，人的情绪有喜、怒、忧、思、悲、恐、惊七种。这些情绪必然会反映在人自身的生理上，如喜会手舞足蹈、怒会咬牙切齿、忧会茶饭不思、悲会痛心疾首等等。身体的行为表现越强，说明这种情绪越强。

人有情绪是最正常不过的事。但如何对待情绪，因人而异。有的人情绪一来，就失去了基本的理智，什么事都敢做，什么话都敢说，言行举止带有强烈的情绪化色彩，人成了情绪的奴隶。有的人则不同，他是情绪的主人，对于一些消极的情绪，懂得如何调节控制，把这些消极情绪通过适当的方法进行消化，化为无形。可见，是做情绪的奴隶还是做情绪的主人，关键在于懂得哪些情绪可以宣泄，哪些情绪只能消化。只有懂得调控自己的情绪，我们的生活才能健康、幸福。

阴冷的天空

昨天晴空的温暖感觉尚在，今天却又打回了原形。天，阴沉沉的，似老妪的脸；风，是冷飕飕的，像刀子刮。环顾四周，地上遍布残叶，满眼凄凉。心往下沉，实在很难开心起来。

这种糟糕的天气，真想拉紧窗帘，蜷缩在床上，闭上眼睛，假睡。一切都和我无关。为什么要和我有关呢？我是如此渺小，多我不多，少我不少。唯求内心安宁。

内心安宁么？反问自己，觉得很惘然。有时，甚至觉得自己的内心已经不是安宁而是麻木，有一种逆来顺受的感觉。不以物喜，不以己悲。往好的说，好像我能泰然自若处置一切，但实在是激情不再燃烧，梦想早已断了翅膀。

只能感叹岁月的风霜，不知不觉将自己的雄心消磨殆尽。

我该拿什么拯救自己？

好“吃”的国人

世界上大概只有中国人见面的问候语是“你吃了吗”，甚至到了不分时间、不分地点的地步。对此，我一直不能理解。尽管自己也会这样问候别人。

想来想去，我以为，这可能与国人的传统观念有关。

从历史上看，中国天灾人祸不断，食物短缺是常有的事。民以食为天。也难怪国人见面首先关心的是你有没有吃，吃不吃得饱。可见，能吃上饭甚至吃饱饭是一件多么不容易的事。据说在山东、河南、安徽的许多地区，人们傍晚时见面不是问“吃了吗”，而是直接问“喝了吗”

“喝汤了吗”。为什么喝汤就是吃晚饭而不是代表吃早饭、吃中饭呢？归根结底还是穷呗！因为晚上不用干活，用不着吃馒头、干饭，喝口汤就成了。

奇怪的是，现在国人富了，吃饱肚子根本不成问题，怎么还问“你吃了吗”？我以为，随着生活水平的提高，“吃”肯定不仅仅是生存的必需，它有了更多的功能。

如艺术的审美功能。其实，古今富人都一样，有钱了，当然会追求美食。正如古人所说：“斋必变食，居必迁坐。食不厌精，脍不厌细。”中国美食文化的洋洋大观正源于此。

再如人际交往的功能。呼朋唤友，迎来送往，聚在一起，大快朵颐，什么绅士风度、淑女气质，当然是统统抛在脑后。既饱了口福，又增加了感情，何乐而不为？

当然也可能有政治功能。历史上的“鸿门宴”就是一个很好的例证。

可见，“吃”在国人的生活中占有无比重要的地位。相信，“你吃了吗”还得一直问候下去，不管中国今后如何富强。

因为国人好“吃”，才会有那么多关于“吃”的用语，不管吃不吃得了。小举数例：

不能“吃”的却“吃”了。如吃烟、吃酒、吃茶、吃了秤砣铁了心……

不该“吃”的也“吃”了。如吃了熊心豹子胆、癞蛤蟆想吃天鹅肉……

不用“吃”的照样“吃”了。如谋生叫混口饭吃，混得好呢叫吃得开或者叫吃香的喝辣的，混得不好呢叫吃不开或者叫腌菜卤水淘饭；受人欢迎叫吃香，受人照顾叫吃小灶，不顾他人叫吃独食；女人漂亮叫秀色可餐，占女人便宜叫吃豆腐；受到伤害叫吃亏，诸事不顺叫吃苦头。此外，女人嫉妒叫吃醋，花积蓄叫吃老本……

哎！国人还有什么不可“吃”的？

人生当以“修心”为本

心灵是思想、智慧和潜能的本源。人生在世当从修炼心灵开始。儒家倡导“内圣外王”，道家强调“清静无为”，释家常言“四大皆空”，其实都在强调人生当以“修心”为本。

然而心灵具有天生的原始欲望的冲动，世俗的尘灰早已将之蒙蔽。尽管上帝给了你一颗自由的心灵，但善恶的取向在你自身。

请将自己的心灵钉在圣洁的十字架上，让原罪暴露在灿烂的阳光下，无需怜悯，更不需要救赎。洗涤与生俱来的罪恶，只能依赖自己的信念和毅力。

有些人自诩苦思人生已有所得，甚至有所谓参透人生者，可笑之极。“修心”不在“思”而在“行”，注重日常生活的一言一行，行善积德，日见其功。

虚幻之美

虚幻之美，就是那草原上空的云朵，风一来，就缥缈不定；就是那水中的明月，一颗小小的石子便能将它击得粉碎；就是那孩童吹出的气泡，色彩斑斓却转瞬破灭；就是那隐秘的记忆，永远只能存留在心灵深处而不能示人；就是那远距离的美，让你沉醉却无法触及。

人往往容易迷失在虚幻与真实之间，错将虚幻当作真实。有时对着镜子，凝视着虚幻的自己，感到镜子里的自己才是真实的。

虚幻之美比真实之美更令人向往，因为倾注了自己的情感，更令自己陶醉。明知是虚幻的，却甘愿当作真实。如此，对自己所拥有的，就显得毫不在乎，甚至不予珍惜。

人生就是赛场

人生就是赛场，你不得不经历各种各样的比赛。你本人就是你人生的运动员，而不是一名看客。

既然是比赛，就会有输赢。谁也不可能是人生的常胜将军，失败是最正常不过的事情。但在人的一生中，绝对要面临几次重大的关键性比赛。我们虽不奢望每一场比赛都能赢，但关键性的比赛一定不能输！否则有可能导致你的人生轨迹因此发生改变。比如，考一个什么样的大学，找一个什么样的配偶，做一份什么样的工作……

大家都知道龟兔赛跑的故事。但后来会怎样？我想，兔子输了比赛心里不服气啊！当然，它希望能和乌龟再比一次，看看到底谁快！但乌龟非常聪明，知道再比一次必输无疑，就偏不答应再和兔子比，急死兔子！就是说，只要不再答应进行正式的比赛，乌龟这辈子就赢定了兔子，兔子永远翻不了身。

因此，在人生的重要赛事中，我们不能输，也输不起。输了，你会像兔子那样急于翻身，但不一定再有机会；赢了，你就能像乌龟那样淡定，可以好好享受胜利的成果。

后　　记

从骨子里说，我是一个不太喜欢说话的人。我喜欢用文字来表达自己的情感和看法，因为这不用面对别人，表达更为自由。我手写我心，是我乐意的事。

我喜欢用简单的方式来处理复杂的事，反映在写作上，我喜欢用简洁的文字来表达复杂的情感和观点。这正是我喜欢短小、自由、灵活的散文诗和随笔的理由。散文诗易于抒写心灵的感受和情绪的波动，随笔易于表达自己的见解和观点。

文学是我大学时代的一个梦想，一度还非常迷恋。现实的需要，迫使自己在工作后转向学术研究，写一些中规中矩的学术性文章。但梦依旧在我心。

本书将我定格在了2012年至2016年。在编辑时删除了几篇自认为不合时宜的随笔，其余全部原样呈现。本想对这些文章进行分类，最后发现这是一件吃力不讨好的事。每一天的生活，都会有不同的感受和体验，或兴奋，或沮丧，或激动，或平静，实在难以归类。思想情感是波动的，我不生活在模子里。因此，所有文章只是从体裁角度分成了两大类，每类内的文章完全按成文时间编排。我想这样也许能呈现给读者一个更真实的我。

是为记。

潘连根

2016年12月1日